낮추고 사는 즐거움

낮추고 사는 즐거움

글 | 조화순

주간 | 권대웅
기획편집 | 고유진, 최지설
디자인 | 한순복
마케팅 | 부장 신재우, 양승우
업무관리 | 최희은

초판 1쇄 펴냄 | 2005년 2월 21일
초판 2쇄 펴냄 | 2005년 6월 20일

펴낸곳 | 도솔출판사
펴낸이 | 최정환

등록번호 | 제1-867호    등록일자 | 1989년 1월 17일
주소 | 121-841 서울시 마포구 서교동 460-8번지
전화 | 335-5755    팩스 | 335-6069
http://www.dosolbooks.com
E-mail | dosol511@empal.com

ISBN  89-7220-159-6   03810

# 낮추고 사는 즐거움

조화순 지음

나무와 흙으로 지은 집에서

몸을 낮추고 잊혀져 사는 행복과

혼자 사는 즐거움을 누리며

나무 한 그루, 풀 한 포기,

꽃 한 송이들의 생명에 감동하고 사는

조화순 목사 이야기!

# 산에 사는 행복한 처녀 이야기

이현주 (목사 · 동화작가)

세상이 다 알고 있는 대로, 조화순 목사님은 고희(古稀)를 넘기셨지만 여전히 숫처녀시다. 맘에 드는 총각 앞에서 설레이는 가슴을 진정시켜야 했던 젊은 시절이 있었는지 없었는지 그건 모를 일이나, 아무튼 아직까지 당신의 배필을 따로 두지 않고 살아오신 것만은 분명한 사실이다. 그런데도(또는, 그래서?) 그분은 언제나 당당하고 씩씩하다. 어디 한 군데 켕기는 구석이라곤 없는 사람만이 보여줄 수 있는 호방한 웃음이 그 맑은 얼굴을 떠나지 않는다.

언젠가, 재판받는 자리에서 갑자기 온몸이 달아오르며 생각지도 않았던 사자후(獅子吼)를 판사와 검사와 수사관들에게 토해냈다는 얘기를 본인에게서 들었을 때, 나는 속으로 저분이 저렇게 성령세례를 받으셨구나 하고 생각했다. 거룩하신 하나님의 영이 사람에게 내리면 병도 고치고 방언도 하고 예언도 하지만, 살벌한 재판정에서 나약한 피고의 입으로 불의한 세상권력을 준열하게 꾸짖기도 하는 것이다.

만일 그분이 그런 식으로 성령세례를 받았으리라는 내 추측이 맞다면, 그분의 나머지 인생 또한 아래 두 가지 노선을 함께 밟고 가는 쌍두마차와 같았을 것이다. 첫째, 내게 주어진 길을 내 발로 간다. 둘째, 내가 무슨 공(功)을 이루었다면 그것은 내가 이룬 공이 아니다.

어떤 사람이 한 평생 성령에 이끌려 살았다는 말은, 어느 누구의 강요나 압력에도 무릎 꿇지 않고, 어느 누구의 유혹이나 협박에도 움츠리지 않고, 자기가 좋아하는 일을 자신의 독특한 방식으로 당당하게 하면서 살았다는 말이다. 동시에, 자기를 통해서 이루어진 공을 자기 것으로 삼기는커녕 뒤도 돌아보지 않고 그 자리를 떠났다는 말이다. 그것이 성령께서 사람을 쓰실 때 언제 어디서나 지켜지는 두 가지 노선이다. 철저한 자율(自律)과 철저한 타율(他律)의 완벽한 조화!

세상이 많이 바뀌어 노동운동가들이 국회에 진출하고 인권변호사가 청와대 주인 되는 마당에 국무 회의실에서도 국회에서도 조화순이라는 이름을 찾아볼 수 없는 다행(多幸)은 한 평생 오로지 당신 뜻만 좇아 살아온 노처녀에게 베푸신 하늘의 은총이겠지만, 그가 과연 성령에 이끌려 살아왔음을 보여주는 증거이기도 하다.

　　그렇다. 사람들은 어떻게 볼는지 모르나, 나는 목사 조화순이야말로 진짜 보수파 예수쟁이라고 생각한다. 틀림없이 그는, 저 마더 테레사가 그랬듯이, 이 땅의 힘없고 가난한 노동자들, 그중에서도 더욱 힘없는 여공(女工)들을 위하여, 그들 편에서 불의한 세력에 대항함으로써 나를 섬기라는 예수의 명령을 들었을 것이다. 그러고는, 예수 모친 마리아가 그랬듯이, 두렵고 떨리는 마음으로, 당신의 뜻을 내게서 이루시라고 대답했을 것이다.

　　한 사람의 그리스도인으로서 이보다 더한 무엇을 할 수 있을 것인가? 조화순 목사님의 생애는 오직 예수라는 한 남자의 사랑에 바쳐진 수줍고 깨끗한 처녀의 순정, 바로 그것이었다.

갑자기, 더 할 말이 없어졌다. 예수 말씀하시기를 예는 예, 아니는 아니라 말하라고, 그 밖의 모든 말이 악한 군더더기라고 하셨거늘, 목사 조화순은 순진한 예수쟁이였다는, 그의 일생은 한 남자 예수에게 바쳐진 처녀의 순정이었다는 말 한 마디 하고 나니, 다른 모든 말들이 돌연 군더더기로 되고 말았다.

마감하자. 내가 본 조화순은 역시 어쩔 수 없는 목사다. 목사이기 전에 예수쟁이다. 예수쟁이기 전에 사람이다. 사람이기 전에, 그렇다. 사람이기 전에……. 영원한 총각 예수께 모든 것을 바친 행복한 처녀다.

# 자연 속에서 생명의 춤을 추시는 당신

김근태 (보건복지부 장관)

"담이 들어서 며칠째 꼼짝도 못하고 누워 계셔. 아무도 들여다보는 사람이 없어서 식사도 못한 채로 덩그러니 방에 누워서 끙끙 앓고 계셨어."

우연히 봉평 조화순 목사님 댁에 들렀던 권호경 목사님이 나를 찾아와 말씀하셨다. 그 이야기를 듣고 나는 흐느껴 울었다. 참으려고 해도 잘 되지 않았다. 그럴수록 오히려 어깨를 들썩이면서 점점 흐느끼게 되었다.

일하는 아주머니 한 분을 조 목사님에게 붙여 주려고 노력했지만 도저히 안 돼서 나를 찾아왔다는 권호경 목사님은 당신부터 부담할 테니까 몇 사람이 후원금을 모아서 조화순 목사님의 살림을 살아줄 아주머니 비용을 대자는 것이었다. 나는 주저하지 않았다. 주저할 일이 아니었다. 그리고 몇 사람에게 참여를 권유하겠다고 말씀드렸다.

깊은 죄책감이 밀려왔다. 이럴 수는 없는 것이다. 7, 80년대 그 무서웠던 박정희 유신독재, 그리고 신군부에 필요하면 언제나 맞서왔던 우리 조화순 목사님을 영광스럽게 해야 된다고 하는 것은 아니다. 다만, 이렇게 외딴 곳에서 외롭게 아파하면서 이대로 이 세상으로부터 잊혀지게 해도 좋은 것인가. 나는 이러한 '잊혀짐'의 방조자가 된 것 같아 가슴이 쓰라렸다. 또한 그것을 막지 못한 나 자신의 무능력이 한심스러웠다.

솔직히 말하면 나 '김근태'에겐 감옥살이가 너무 외롭고 너무 춥고 때때로 무섭기까지 했다. 나는 약하고 흔들리는 존재였던 것이다. 조화순 목사님한테서도 그렇게 흔들리는 모습을 흘낏 곁눈으로 보기도 했던 것 같다. 그렇다고 해서 탄압이 왔을 때 목사님은 뒤로 물러서지 않았다.

짊어져야 하는 부담 앞에 흔들리면서도, 예수가 십자가에 못 박혀 그러셨던 것처럼 "이 쓴 잔을 마시지 않을 수 있다면 마시지 않게 해 주십시오. 그러나 하나님 뜻대로 하십시오." 하시지 않았을까 싶다. 그리고 나선 탄압의 채찍에 몸을 맡기셨던 것이 아닌가 싶다. 이것이 약한 모습인가. 흔들리면서도 짊어지고 가는 것이야말로 정말로 고귀 하지 않은가. 그런 조화순 목사님을 끝이 안 보이는 외로움 속에, 아픔 속에 방치하다니 있을 수 없는 일이었다.

참으로 후회막급이었다. 인천과 서울을 떠나서 저 강원도 봉평 산 골 마을로 내려가신다는 말씀을 들었을 때 나는 분명하게 반대했다. 지치고 아프게 된 이들을 위한 공간이 있어야 하는데, 결혼 안 한 여성 노동가인 당신이 그것을 하시겠다는 것이었다. 가슴이 짠했다. 누군 가가 해야 할 일이었지만, 우리 목사님이 하실 일은 아니라고 생각했 다. 심지어는 그것은 세상으로부터 물러나는 것이고, 세상을 외면하 는 것이라고 반대했다. 조 목사님은 열정으로 들끓는 분이기 때문에, 그리고 근본적으로는 도시적 성격을 갖고 있기 때문에 농촌으로 내려 가는 것이 맞지도 않고, 성공하기도 쉽지 않다고 생각했다.

그때 확실하게 반대를 해야 했는데, 봉평으로 내려가지 못하게 막았어야 했는데……. 그러나 누가 그의 뜻을 꺾을 수 있단 말인가. 조목사님의 뜻도 일리가 있다고 여겨졌기 때문에 한발 물러났다. 이것도 후회가 되었다.

후원금을 모으기 위해서 몇 사람에게 연락을 취했다. 그런데 첫 번째부터 난관에 부딪혔다.

"어! 조화순 목사님 잘 사시는데……."

조화순 목사님이 그거 안 좋아 할 텐데 하면서 이상하다는 것이다. 권 목사님이 본 게 사실이겠지만 그때 마침 담이 들어서 그러신 것일 게고, 여전히 옥타브 높은 건강한 목소리라고 한 친구가 들려주었다.

조화순 목사님다운 얘기였다. 또 요새 목사님이 '춤바람'이 났다고 했다. 춤을 좋아하고 춤에 반쯤 미쳤다는 것이었다. 목사님은 스스로 이것을 생명의 춤이라고 하신단다. 사람들에게 보여주고 그리고 자연과 더불어 같이 춤을 추자고 권하신다는 것이었다. 그런 목사님이 코너에 몰려 있는 것처럼 얘기되는 것은 말이 안 된다는 것이었다.

그 얘기를 들으면서 나는 약간 혼란스러웠다. 그러나 이해가 되었다. 그 두 가지 측면이 다 사실일 거라고 생각되었다.

춤, 그 앞에만 서면 나는 자꾸만 낯설어진다. 춤 하면 왜 그런지 '춤바람'이 연상이 된다. 나는 아직까지 목사님의 춤을 본 적이 없다. 그러나 나는 목사님을 안다. 언젠가 목사님의 생명의 춤을 보게 될 것이라고 믿는다. 그것은 목사님의 내부로부터 터져 나오는 생명의 외침일 것이다. '죽임'과 정반대인 '살림'의 폭발이라고 여겨진다. 목사님은 깊고, 온몸으로 진심으로 상황과 맞닥뜨리는 그런 독특한 분이시다. 그래서 그의 춤바람은 우리에게 외침으로 다가오고 있는 그 '어떤 것'이라는 예감이 든다.

새해 초가 되어서 조화순 목사님을 비롯해서 함세웅 신부님, 송기인 신부님, 이해동 목사님, 윤순녀 선생님 등 몇 분을 모시고 점심을 했다. 오래간만에 뵈어서 모두 반가웠다. 그런데 조 목사님이 한마디 하시는 것이었다.

"이렇게 우리끼리만 모여서 뭐해? 새로운 사람들을 만나야지."

당신이 있는 봉평으로 한번 내려오라고 하셨다. '지혜가 있는 사람'이 있는데, 그분을 만나서 그분의 열린 얘기를 들을 수 있어야 한다고 강조하셨다. 강원 지역의 많은 종교인들이 그분의 얘기를 경청한다고 하면서 나보고 그 '현자'를 만나보고 현자의 충고에 귀를 기울일 수 있어야 한다고 말씀하셨다. 솔깃했다. 언제 내려갈 수 있을는지는 모르지만 말이다. 다시 태어나도 또 이 길을 걸을 것 같은 조화순 목사님이 얘기하는 '현자'는 누굴까? 궁금하다.

조화순 목사님은 머무르지를 않는다. 인천에서 산업선교 활동을 하고 동일방직 노조사건으로 국내는 물론 국제적으로도 널리 알려진 저명한 지도자가 되었다. 그런데 어느 날 영광스런 그런 자리에서 훌쩍 내려와 안산에 있는 어느 조그마한 교회로 내려가셨다. 그 모습을 잊을 수 없다. 그의 뒷모습이 약간 초라했을까. 그러나 그건 우리에게 일종의 구원이었다. 그리고 나서 그 교회가 터를 잡자 이제 또 다시 거기서 내려와서 모두가 떠나가고 있는 텅 빈 산촌의 한가운데로 걸어들어가셨다.

생명의 춤을 추면서, 가끔 외로움을 앓고 있는 우리의 조화순 목사님! 그분은 누구인가! 나는 이런 조화순 목사님을 여러분과 함께 사랑하고 싶다.

# 1장 지금 여기서 행복하다

## 2장 살았던 날들을 위한 기도

## 3장 이곳에 살기 위하여

제 1 장 지금 여기서 행복하다

홀쩍 떠나온 지 10년.

자족 같지만 지금 이곳에서 나는 행복하다.

내 손으로 지은 흙집에서

새와 나무와 바람과 풀과 별들의 이야기를 들으며

세상은 저곳만이 아니라 이곳에도 있다는 생각을 한다.

이곳, 강원도 봉평, 해발 750고지 태기산 자락으로 들어온 후

나는 전혀 다른 삶을 살았다.

인생을 두 번 사는 느낌이랄까.

진정 내가 하고 싶은 일을 찾아 나선

그 길 위에서 나는 나를 새롭게 발견했다.

내가 어떻게 변해야 되겠다고

생각하기도 전에 자연이 나를 변화시켰다.

그 변화의 작은 과정들은

어떻게 보면 나무 한 그루가 피워내는 꽃보다도 못하다.

그래도 그 꽃 한 송이 떨어지며 나무 아래 작은 거름이 되는 것처럼

내 작은 꽃잎의 시간들이 세상을 위한 거름이 되었으면 좋겠다.

환한 세상이 좋으니 태양을 바라보는 눈이 얼마나 행복한가!

# 언제나 청춘인 나무처럼 살고 싶다

이곳 태기산 자락에 자리를 잡은 지도 벌써 십여 년의 세월이 흘렀다. 처음 얼마간은 혼자 지내는 날도 있었지만 무슨 인복이 있는지 사람이 끊이지 않았다. 잠깐씩 머물다 가는 사람도 있었고, 몇 달씩 지내다 가는 사람도 있었다. 그중에는 같이 활동했던 후배도 있지만 내가 잘 모르는 사람들도 있었다. 나는 그들을 모르고 있었지만 그들은 나를 잘 알고 있었다. 어떤 이는 내가 은퇴하면 가까이에서 같이 살려고 마음먹고 있었다고도 했다. 그들 모두 적지 않은 나이에 홀로 지내는 나를 염려해 찾아준 것이다.

든든한 이웃도 생겼다. 농촌에서 살겠다는 고마운 뜻을 가진 젊은 목사 부부가 내가 올라온 다음 해에 바로 아랫집에 터전을 잡았다. 그들도 나처럼 이곳에 손수 집을 마련했다. 나는 후배 목사들과 이웃들의 도움을 받았지만 그들은 내 집에 머물며 직접 자기 손으로 일 년여에 걸쳐 집을 지었다. 그동안 아이도 둘이 더 늘어 이제는 모두 여섯 식구가 되었다.

그런 고마운 이들이 함께하지 않았다면 환갑이 지난 노구를 이끌고 이곳에서 생활하기가 여간 쉽지 않았을 것이다. 시골생활이라는 것이 혼자 살아본 경험도 없고 농사도 지어본 적이 없는 머리가 희끗희끗한 노인이 감당하기엔 솔직히 벅찬 게 사실이었다.

먹을거리는 가능한 한 텃밭에서 길러 먹었다. 오전에는 주로 집안 살림을 하고 오후에는 텃밭에 나가 김도 매고 이웃집의 농사를 거들기도 했다. 몸의 건강과 마음의 건강을 지키기 위해 일어나는 시간과 식사 시간 잠자리에 드는 시간 등을 정해 두고 규칙적인 생활을 했다.

지금은 밖에 여기저기 많이 다니는 편이지만 생활이 익숙해지기 전까진 가급적이면 밖으로 나가지 않았다. 그러다 보니 나를 아는 많은 사람들이 이곳을 찾았다. 그들은 한결같이 내 사는 모습을 보고 많이들 놀랐다. 가지런하게 꾸며진 살림살이를 보고는 목사님께도 이런 부분이 있었구나 하고 말하는 사람도 있었고, 어떻게 그렇게 바삐 살던 사람이 이런 데서 들어앉아 살 수 있는지 모르겠다며 신기해하기도 했다.

텃밭에서 직접 기른 것들을 따다가 소박하게 차린 밥상에 둘러앉아 이야기보따리를 풀다 보면 정말 시간 가는 줄을 모른다. 그들은 내가 없는 동안 자기들이 무슨 일들을 하며 살았는지 마치 보고라도 하듯 끊임없이 이야기하고 나는 나대로 내 사는 이야기들을 조곤조곤

들려준다.

　텃밭에 철퍼덕 주저앉아 김을 매다 가랑이 사이로 지나가는 지렁이를 보고 어머 어머 하고 소리를 지른 일이며 산책을 하다 만난 이름 모를 예쁜 꽃 이야기도 하고 텃밭이 온통 돼지감자로 뒤덮인 일도 이야기한다. 그렇게 잠시들 머물다 가지만 돌아가는 길에 그동안 쌓였던 스트레스가 다 풀린다고 하는 그들을 지켜보는 게 그렇게 즐거울 수가 없다.

　감리교신학대학교를 졸업하고 목사 안수를 받은 지 삼십여 년 만에 육십이 세의 나이로 목회 일선에서 은퇴한 것이 1996년 1월. 어쩌면 사람들은 달월교회 담임목사로서보다는 감리교도시산업선교회에서 노동자들과 함께했던 내 모습을 더 많이 기억하고 있을지도 모르겠다.

　이곳 봉평의 태기산 자락으로 들어온 이후 나는 전혀 다른 삶을 살았다. 인생을 두 번 사는 느낌이랄까. 진정 내가 하고 싶은 일을 찾아 나선 그 길 위에서 나는 나를 새롭게 발견했다. 내가 어떻게 변해야 되겠다고 생각하기도 전에 자연이 나를 변화시켰다.

　전에는 내가 그렇게 꽃을 좋아하는 사람인지 몰랐다. 산책길에 만나게 되는 꽃과 나무에 감동을 받고, 텃밭을 가꾸고 손수 살림을 하며 나는 내 속에 내재돼 있던 여러 감성들과 만나게 되었고, 서서히 자연에 동화되어 갔다. 풀 한 포기, 나무 한 그루의 생명도 인간과 똑같은 생명이라는 사실도 새삼 깨닫게 되었다.

그렇지만 아직 은퇴 후 계획했던 일들을 다 이루지는 못했다. 이곳에 내려와 반쪽짜리이기는 하지만 텃밭을 일구며 먹을거리를 해결하고 있으니 농사를 짓겠다는 꿈은 일단 이룬 걸로 치더라도 후배들을 위한 여성공동체 설립은 아직도 갈 길이 멀어 보이고, 춤 세라피를 배워 몸의 언어로 성찬식을 해보는 것과 내 생각들을 표현하겠다는 꿈은 어쩌면 머지않은 장래에 가능할 듯도 싶다.

내 나이 일흔하나. 일흔이면 인생을 정리하고 마무리하는 시점이라고들 말할지 모르겠다. 나는 그렇게 생각지 않는다. 나는 늘 이제 다시 시작이다라고 생각한다. 죽을 때도 그럴 것이다. 내가 태어남으로 시작했듯이 죽음도 죽음으로서 시작이다. 늘 시작하는것, 쉽게 포기하지 않는 것, 나이에 상관없이 그것이 청춘이다. 내가 좋아하는 시 중에 사무엘 울만의 '청춘'이라는 시가 있다.

청춘이란
인생의 어느 기간을 말하는 것이 아니라 마음의 상태를 말한다.
그것은 장미빛 뺨, 앵두 같은 입술, 하늘거리는 자태가 아니라,
강인한 의지, 풍부한 상상력, 불타는 열정을 말한다.

청춘이란

인생의 깊은 샘물에서 오는 신선한 정신,

유약함을 물리치는 용기, 안이를 뿌리치는 모험심을 의미한다.

때로는 이십의 청년보다 육십이 된 사람에게 청춘이 있다.

나이를 먹는다고 해서 우리가 늙는 것은 아니다.

이상을 잃어버릴 때 비로소 늙는 것이다.


세월은 우리의 주름살을 늘게 하지만

열정을 가진 마음을 시들게 하지는 못한다.

고뇌, 공포, 실망 때문에 기력이 땅으로 들어갈 때

비로소 마음이 시들어 버리는 것이다.


육십 세이든 십육 세이든 모든 사람의 가슴속에는

놀라움에 끌리는 마음,

젖먹이 아이와 같은 미지에 대한 끝없는 탐구심,

삶에서 환희를 얻고자 하는 열망이 있는 법이다.


그대와 나의 가슴속에는 남에게 잘 보이지 않는

그 무엇이 간직되어 있다.

아름다움, 희망, 희열, 용기, 영원의 세계에서 오는 힘,

이 모든 것을 간직하고 있는 한

언제까지나 그대는 젊음을 유지할 것이다.


영감이 끊어져 정신이 냉소라는 눈에 파묻히고

비탄이란 얼음에 갇힌 사람은

비록 나이가 이십 세라 할지라도 이미 늙은이와 다름없다.

그러나 머리를 드높여 희망이란 파도를 탈 수 있는 한

그대는 팔십 세일지라도 영원한 청춘의 소유자인 것이다.


나는 집 뒤로 난 산길을 산책하며 가끔 이 시를 중얼거려 본다. 가슴을 가지고 있다는 것, 삶에서 환희를 얻고자 하는 열망이 있고 미지에 대한 끝없는 탐구심이 있다는 것, 순수한 가슴이 시키는 대로 한다는 것, 그것이 바로 청춘인 것이다. 해마다 다시 태어나는 풀잎이 초록 청춘이듯, 해마다 꽃 피우고 열매를 맺는 한 그루의 나무가 청춘이듯, 포기하지 않고 시작하는 그 모든 것들은 청춘인 것이다.

일본의 어느 체육 교사는 정년퇴직을 하고 일흔의 나이에 발레를 시작해 아흔이 넘도록 세계를 돌아다니며 공연을 했다고 한다. 이제부터 나는 본격적으로 내 두 번째 인생의 길로 들어서려고 한다.

이제 다시 시작이다. 나의 청춘이여! 열망들이여!

# 더 낮은 곳으로 내려가야 한다

사람은 떠날 때를 아는 것이 중요하다. 특히 지도적인 위치에 있는 사람일수록. 어떤 사람이든지 그 시기와 장소에 맞을 때가 있다. 그렇지만 항상 그런 것은 아니다. 사람의 능력에는 한계가 있기 때문에 어느 때가 되면 끊임없는 세상의 변화에 자신을 맞춰가기가 힘든 때가 오게 마련이다. 세상 모든 일을 마음으로만 할 수 있는 것은 아니다.

노동자들과 동고동락하며 18년간 몸담았던 도시산업선교회를 떠날 때도 그랬고 13년간 목회활동을 했던 달월교회를 떠날 때도 나는 뒤를 돌아보지 않았다. 물론 그곳에 대한 사랑과 애정이 식어서는 아니다.

내가 산업선교 일을 그만두기로 한 것도 생각이 바뀌거나 더 이상 노동자들을 사랑하지 않아서가 아니다. 노동자들과 함께 일하고 공부하고 울고 웃으며 노동운동의 황무지를 개척하는 것이 육칠십 년대의 운동이고 내 역할이었다면, 팔십 년대의 운동은 새로운 이론과 방향

설정이 필요했다. 군사정권의 탄압이 가혹해지면서 노동운동이 침체되고 어려움에 처해 있었고 5.18광주민주화운동을 겪으면서 우리 사회의 모순을 보다 큰 틀에서 파악하게 되었기 때문에 거기에 맞는 이론과 방법론이 필요했던 것이다.

한편으로 새로운 운동 이론을 공부한 젊고 뛰어난 활동가들이 노동현장으로 많이 들어왔고, 나와 함께했던 노동자들의 의식도 많이 성숙되어 이제는 하나의 모임을 이끌어갈 만한 힘들을 가지고 있었다. 그들을 지켜보면서 이제는 그 사람들이 마음껏 활동할 수 있는 무대를 만들어줘야겠다는 생각을 하게 되었다.

주변에서는 아직까지는 목사님이 없으면 안 된다고 만류했지만 나는 나 자신을 속이면서까지 살 수는 없었다. 그것은 흐르는 강물처럼 자연스런 과정이기도 했다. 다만 나는 그 시기를 내 스스로 조금 앞당겨 결정한 것뿐이다. 나를 가장 잘 아는 사람이 바로 나 자신이기 때문에. 주변의 만류에 도취돼 떠날 때를 놓친 사람들이 후배들의 짐이 되는 모습을 많이 봐온 것도 내가 미련 없이 떠나게 된 한 이유이다.

산업선교 일은 그만두었지만 나는 한시도 노동자들을 잊은 적이 없다. 13년간 달월교회에서 목회를 하면서도 노동운동을 경험한 목사로서 나에게 맞는 역할을 새롭게 정립해 나갔다. 교회가 지역사회의 중심이 되도록 일을 해나갔고 교인들에게 항상 민주 의식을 고취시키기 위해 노력했다. 교회 안에서만이 아니라 세상에 나가서도 하나님의 뜻을 실현하는 것이 진정한 교인들의 역할이라고 강조했다. 틈틈이 내가 몸담고 있던 여성단체의 일들을 챙기고, 서울을 오가며 강연도 하고, 노동자들을 비롯한 민주 세력들의 지원자로서의 역할에 충실했다.

그렇게 목회활동에 전념하던 내가 정년을 몇 년 앞두고 은퇴를 결심한 것은 단순히 후배들에게 자리를 내어주기 위한 것만은 아니다. 물론 자리를 잡지 못한 많은 후배 목사들이 있는데도 칠십이 다 되도록 자리를 꿰차고 있는 사람들이 많았기 때문에 나 한 사람만이라도 자리에 연연하지 않는 모습을 보여주고도 싶었다. 그렇지만 내가 목회 일을 그만두게 된 근본적인 이유는 더 늦기 전에 내가 진정으로 하고 싶은 일을 하기 위해서였다.

사람들은 내가 목회를 하면서도 정치 이야기를 많이 하고 사회의 개혁을 이야기하니까 나에게 '정치목사'란 꼬리표를 붙여주기도 하고, 실제로 나에게 어떤 정치적인 야망이 있는 것처럼 생각하는 사람도 있었다. 그렇지만 나에게는 어떠한 정치적인 야망도 없었다.

다만 하나님의 뜻이 이 땅에서 실현되도록 하는 것이 교인들의 임무이고, 교회 안에서만 하나님의 의를 실현할 것이 아니라 사회에 나가서도 마땅히 불의를 보면 교인들이 앞장서 없애나가야 한다고 생각했기 때문에 자연스럽게 정치 이야기도 하고 민주화에 대한 이야기도 하게 된 것일 뿐이다.

그런데 독재가 무너지고 민주화가 가속화되면서 운동했던 사람들에 대한 사회적인 인식과 대접이 많이 달라지고 정계에 진출하는 사람들이 늘어났다. 실제로 나에게도 그런 유혹들이 많아졌다. 혹자는 나에게 인천시장에 출마하라고도 했다. 그런 이야기들을 들으며 이제는 떠날 때가 되었다고 생각했다. 어느 시점에서 떠난다는 것, 그것이 그리 쉬운 일은 아니었지만 욕심을 버리면 그 또한 어려운 일도 아닐 것이다. 발타자르 그라시안의 한 책에 보면 다음과 같은 글이 있다.

해가 질 때까지 기다리지 마라. 지혜로운 자는 일이 그들을 떠나기 전에 그들이 먼저 일을 떠난다. 자신의 종말에서조차 승리를 취할 줄 알라. 태양도 빛이 찬란할 때 구름 뒤로 숨어 그것이 기우는 것을 사람들이 보지 못하게 하니 태양이 기울었는지 안 기울었는지를 사람들은 알지 못한다. 사람은 적절한 때 재난에서 벗어나 수치를 멸할 줄 알아야 한다. 미인은 거울이 자신의 추함을 알려 스스로를 자기 자만에서 벗어나게 할 때까지 기다리지 않는다. 그녀는 자신의 모습이 가장 아름다울 때 거울을 깨뜨린다.

일이 나를 떠나기 전에 내가 먼저 일을 떠나는 것, 그러나 그 떠남이 전략이어서도 안 되고 허영심이어서도 안 된다. 또 다른 일을 위한 떠남이어야 한다.

세상이 변한 만큼 나의 역할도 바뀌어야 한다고 생각했다. 더 낮은 곳에서 아직도 나를 필요로 하는 사람들과 함께하는 것, 그것이 목사인 나의 소명이라고 생각했다. 가난한 목수의 아들로 태어나 늘 가난한 사람들의 편에 서신 예수처럼 살지는 못하더라도 그렇게 살려고 흉내라도 내는 것이 목회자로서 내가 해야 할 일이었다. 병들고 가난한 사람들, 약하고 소외 받는 사람들이 있는 곳이 내가 머물 자리였다.

그렇다면 내 운동의 종착점은 어디가 되어야 할까. 내가 진정 하고 싶은 일이 무엇일까. 그것은 다름 아닌 땅의 문제이고 환경의 문제이고 생명의 문제라고 생각했다. 그래 농촌에 가서 농사를 짓자. 농사를 지으면서 농민의 문제를 이야기하고, 먹을거리의 문제를 이야기하고 생명평등을 이야기해야겠다. 나는 농촌으로 내려가기로 결심했다. 그것은 어릴 적 내 꿈이기도 했다.

어릴 적 내 꿈은 〈상록수〉의 채영신처럼 농촌계몽운동을 하는 것이었다. 기독교 가정에서 나고 자란 나는 어릴 적부터 자연스럽게 종교적인 영향을 받으며 자랐다. 삼일운동이나 육이오전쟁 등 역사의 격변기를 거치며 다소 변화가 있기는 했지만 우리 집은 비교적 유복한 편이었다. 아버지, 어머니는 교육을 많이 받으신 분들은 아니지만 집안에서 큰소리를 내는 적이 거의 없을 정도로 자식들에게 관대하셨다.

집안 분위기도 좋아서 누구든지 우리 집에만 오면 가려고 하지를 않았다. 특별히 내세울 만한 것이 없는 집이었지만 늘 동네 사람들이 끊이지 않아 우리 식구끼리만 밥을 먹었던 기억이 별로 없을 정도다.

오죽했으면 어린 마음에 '아, 한 번만이라도 우리 식구끼리만 밥 좀 먹어 봤으면' 하는 생각까지 다 했을까. 그런 화목하고 단란한 가정에서 성장했기 때문에 그늘이 없고, 성격이 명랑하고 밝아 사람들과 잘 어울릴 수 있었던 것 같다.

유복한 가정 형편 덕에 유치원도 다니고 노래, 무용, 연극 등 다방면에 재간을 보이며 어려움을 모르고 자라던 내가 가난한 이웃들에게 관심을 갖게 된 것은 심훈의 〈상록수〉를 읽고 나서였다. 한 선생님의 권유로 중학교 1학년 땐가 그 책을 읽었는데 참 눈물을 많이 흘렸다.

왜 우리나라는 이렇게 가난한 걸까. 왜 우리는 일본에게 지배를 받으며 착취를 당해야 하나. 물론 세상 물정에 그리 밝지 못했던 철없는 아이의 감상적인 생각이긴 했지만 당시의 나에게는 큰 사건이 아닐 수 없었다. 그러면서 나도 〈상록수〉의 여주인공 채영신 같은 사람이 되어야겠다고 마음먹었다.

한번은 교회에서 수련회를 갔는데 어떻게 하다 장래 희망에 대해서로 이야기를 나누게 되었다. 그런데 이야기를 하다 보니까 나와 비슷한 생각을 가진 아이들이 있었다. 그것이 계기가 되어 한 달에 한 번씩 만나 공부도 하고 앞으로 어떻게 할지 계획도 짜고 그랬다. 조금 허무맹랑한 이야기라고 생각할지도 모르지만 우리는 꽤 진지했다.

농촌을 위하여 너는 의사가 되고, 너는 경제학자가 되고, 너는 농대를 가라는 둥 많은 이야기가 오고 갔다. 나는 그때 의사가 되어 병원

나는 순간순간에 충실하기로 했다. 배고프면 먹고 목마르면 물 마시고 졸리면 자고 잡념이 많아지면 무조건 걸었다. 그러다 차츰 마음이 가라앉고 차분해졌다. 순해졌다. 자연이 나를 바꿔 놓고 있었다. 나 뿐만 아니라 잠시라도 이곳에 머무는 사람들은 모두 순해지는 자신을 느끼곤 했다.

이 없는 곳에 찾아가 가난한 사람들을 위해 의료 활동을 하겠다고 했다. 남학생과 여학생을 합쳐 일고여덟 명쯤이 모였었는데 그리 오래가지는 못했다. 아무래도 남자와 여자가 함께하는 모임이라선지 소문이 안 좋게 났기 때문이다.

모임은 더 진전이 안 됐지만 그 사람들하고는 지금도 연락을 하고 지낸다. 그때 만났던 사람들 중에 지금까지 어릴 적 꿈을 실현하며 살고 있는 친구가 있다. 그 친구는 이대 약학과에 들어갔지만 가난 때문에 졸업은 못했다. 그러나 뜻을 같이하는 남자를 만나 함께 농촌계몽운동을 시작했다. 그들은 자기의 전 재산을 팔아 조그만 학교를 세워 청년들을 가르치고, 소, 돼지를 기르며 일했다. 그 학교가 지금은 중학교 인가를 받았다.

농촌에 내려간 지 얼마 안 되었을 때 한번은 나보고 오라고 해서 가봤더니 학교는 웬만하게 지어 놓았는데, 자기가 살 집은 따로 없이 짐승 기르는 헛간에다가 가마니를 치고 살고 있었다. 아이는 왜 그리 많이 낳았는지……. 그 부부의 사는 모습을 나는 잊을 수가 없다. 어렵다 못해 남들 보기엔 비참한 삶을 살고 있었지만 두 사람의 눈은 반짝반짝 빛이 났다.

친구 부부의 의욕에 찬 삶의 모습에 감동하지 않을 수 없었다. '자기가 원하는 삶을 산다고 하는 것이 저렇게 사람을 생기 있게 만들어 주는구나.' 하고 생각했다. 그 사람하고 나하고만 아직까지 소녀 적

꿈을 가지고 사는 셈이다. 나도 실제로는 남사초등학교에서 교편을 잡고 있을 때, 그리고 산업선교회와 인연을 맺기 전에 농촌지역 목회 활동을 하면서 잠시나마 농촌계몽활동을 하기도 했었다.

나는 생각을 오래 하는 사람이 아니다. 한번 옳다고 생각하면 곧바로 행동에 옮긴다. 교회에서는 물론 반대가 심했다. 아직 얼마든지 할 수 있는데 어떻게 하루아침에 모든 걸 정리하고 내려갈 수 있느냐며 만류했다. 평소에도 세상의 정년은 육십오 세인데 왜 목사는 칠십까지 해야 되느냐며 나는 육십오 세가 되면 은퇴하겠다고 입버릇처럼 이야기했지만 퇴직을 좋아하는 목사도 없거니와 내가 왕성하게 활동하고 있었기 때문에 사람들은 설마 내가 모든 기득권을 포기하고 물러날 것이라고는 전혀 생각하지 못한 모양이다. 그런데 육십오 세도 아니고 육십이 세에 별안간 한 달 뒤에 은퇴하겠다고 했으니 사람들이 놀라는 것도 당연했다.

1996년 1월 14일, 달월교회를 끝으로 목회 일을 은퇴한 나는 이민 가 있는 친구에게 잠시 신세를 질 요량으로 미국행 비행기에 올랐다. 머리를 식힐 시간도 필요했지만 사실은 따로 머물 곳이 마땅치 않았기 때문이었다.

# 무엇을 먹을지 걱정하지 마라

목사라고 하는 것은 어쩌면 내게 주어진 하나의 기득권이었다. 꼬박꼬박 월급이 나오니 생계 걱정도 할 필요가 없고, 사회적인 대접도 다르다. 하물며 경찰서에서 조사를 받을 때도 일반 노동자들보다는 나은 대우를 받은 게 사실이다. 물론 나는 한번도 그것을 내 개인적인 안위를 위한 방편으로는 삼지 않았지만 현실적으로는 늘 나를 따라다니는 꼬리표 같은 것이었다.

그런데 그것을 놓기로 한 것이다. 그 순간부터 나는 어쩌면 진정한 생활인으로 거듭난 것인지도 모른다. 모아놓은 돈이 따로 있는 것도 아니고 결혼을 하지 않았으니 자식이 있는 것도 아니고, 가진 것이라고는 물려받은 작은 집 한 칸과 교단에서 연금 형식으로 지원되는 약간의 돈이 전부였다. 그러니 이제는 진정으로 먹고살 일을 걱정해야 하는 여느 노동자와 다름없는 신세가 된 것이다.

은퇴를 주변 사람들에게 공식화한 뒤로 나는 무엇을 할지, 어디에 살지를 본격적으로 고민하기 시작했다. 농촌에 가서 살고 싶은데 가진 것도 없고, 어떻게 해야 하나 궁리를 하고 있는데 생각지도 않은 일이 일어났다. 원주 근처에도 가보고, 여기저기 답사를 다니며 터를 알아보고 있는 나에게 어느 날 조규백이라는 젊은 목사가 연락을 해왔다.

봉평에서 농사를 지으며 목회도 하고 공동체 운동을 하고 있는데 나더러 함께하자고 했다. 아직 살 곳을 결정하지 않았다면 우선 자기와 함께 지내면서 시간을 두고 생각해보라는 것이었다. 어디서 내 이야기를 들은 모양이었다. 이야기를 듣고 보니 서로 도우며 살 수 있을 것 같았다. 그래서 생각지도 못했던 이곳으로 오게 된 것이다.

그런데 나를 보러 오는 사람들마다 어떻게 돈도 없는 목사님이 이렇게 많은 땅을 사고, 이렇게 좋은 집을 지을 수 있었느냐고 하며 놀란다. 나는 그럴 때마다 무엇을 먹을지 걱정하지 말라고 하셨잖아 하며 웃는다.

"그러므로 무엇을 먹을까, 무엇을 마실까, 무엇을 입을까 하고 걱정하지 말아라. 너희는 하나님의 나라와 하나님의 의를 구하여라. 그리하면 이 모든 것을 너희에게 더하여 주실 것이다."(마태복음 6:31, 33) 하는 성경말씀이 있다. 그의 나라와 그의 의를 구하는 데 초점을 맞추고 살다 보면 구하지 않아도 얻을 수 있다는 말씀인데 정말로 그 말씀이 증명된 것이다.

비단 이 말씀이 증명된 것은 이때만이 아니다. 남사초등학교에서 교사 생활을 하다 목사가 되기로 결심하고 신학대학에 입학하려고 했을 때도 거짓말 같은 도움의 손길이 있었다.

전쟁으로 인해 집안 형편이 많이 어려워져 집에 있는 오르간을 팔아가며 어렵게 고등학교를 졸업한 나는 대학에 갈 형편이 못 되었다. 그래서 교사 시험을 보기로 했다. 그때는 사범대학이 따로 없었고 고등학교를 졸업하면 준교사 시험을 치를 수 있는 자격이 주어졌다. 교사가 돼서 농촌에 내려가 채영신처럼 살자고 의기투합한 친구 둘이랑 같이 시험을 봤는데 나란히 합격을 하여 용인에 있는 남사국민학교에 발령을 받았다. 그때 나이가 스물이었는데 거기서 삼 년 동안 교사 생활을 했다.

그때는 지금 생각해봐도 정말 열심히 살았던 것 같다. 학교에서 선생님들에게 조금씩 밭을 나누어 준 게 있었다. 나는 새벽 일찍 일어나 그 밭을 매고, 낮에는 아이들을 가르치고, 저녁에는 동네 아주머니와 청년들을 모아 한글도 가르치고 노래도 가르쳤다. 방학에도 집에 안 가고 여름성경학교를 할 정도로 열성적이었다. 그런 활동이 밑거름이 되어 뒤에 남사교회가 개척되기도 했다.

당시 친구들을 지금도 가끔 만나는데, 같은 초등학교, 중학교, 고등학교를 나온 여자 셋이, 교회도 같은 교회를 다니고, 또 같은 뜻을 가지고 같은 학교에 와서 같은 일을 했다는 게 지금 생각해도 신기할 따름이다. 주위에서도 그런 우리가 기특한지 격려와 도움을 아끼지 않았다.

그렇게 남사초등학교에서 삼 년을 있으면서 보니 사는 형편들이 참 딱했다. 가정방문을 나가 보면 다들 어찌나 가난하게 사는지, 그런데도 불구하고 어른들은 매일같이 술에 취해 있었고, 노름으로 가산을 탕진한 집들이 많았다.

그들을 보면서 나는 많은 생각을 했다. 어떻게 하면 그들이 가난에서 벗어날 수 있을까. 어떻게 하면 그들에게 삶의 희망을 찾아줄 수 있을까. 당장의 가난도 문제지만 가난 탈출의 의지나 의욕이 없어 보이는 것이 더 큰 문제로 보였다. 정신이 올바로 서지 않는 한 아무리 가르치려고 해봐야 밑 빠진 독에 물 붓기 같았다. 그러면 어떻게 해야 하는가. 나는 신앙의 힘이 그들을 변화시킬 수 있을 거라고 생각했다. 그렇지만 교사의 신분으로는 한계가 있을 것 같았다. 그래서 나는 목사가 되어 그들을 하나님의 품으로 인도하기로 마음먹었다.

지금도 그렇지만 여자가 목사가 되기는 쉽지 않았다. 진보적인 교단인 감리교에서도 여자 목사는 드물었다. 어쨌든 목사가 되기 위해선 우선 신학대학을 졸업해야 된다. 그래서 나는 다니던 학교를 그만두고 부랴부랴 시험공부를 시작했다.

사실 공부를 다시 시작하거나 신학대학에 들어가고 할 형편은 못됐지만 일단 시험을 보기로 했다. 그 이후의 일들은 모두 하늘의 뜻에

맡기고. 그런데 막상 합격을 하고 보니 거짓말처럼 도움의 손길이 닿았다.

친한 친구 하나가 집에 놀러 왔다 갔는데 웬 봉투를 하나 책상에 남기고 간 것이다. 열어 보니 대학 등록금이 들어 있었다. 그걸 보는 순간 눈물이 핑 돌았다.

그렇게 막상 신학교에 입학은 했지만 경제적으로 어려웠기 때문에 가정교사도 하고 버스비도 줄여가면서 어렵게 고학을 했다. 학교 수업이 끝나면 동작동으로 달려가 가정교사를 하고, 다시 인천 집으로 돌아오면 자정이 다 되었다.

그런 생활을 한 학기 정도 하고 나니까 심신이 지칠 대로 지쳐버렸다. 결국 2학기가 시작된 지 사흘 만에 길바닥에 쓰러지고 말았다. 특별한 병이 있는 것은 아니었지만 위도 안 좋고 허리도 좋지 않았다. 결국 휴학을 할 수밖에 없었다.

휴학을 하고는 고아원에서 보모로 일했다. 이도 잡아주고, 목욕도 시켜 주는 등 힘은 들었지만 보람이 있었다. 오히려 학교에 다닐 때는 영어 같은 과목을 공부하느라 신경이 예민했었다. 아이들과 함께하는 생활은 육체적으로는 힘이 더 들었지만 하루하루가 그렇게 즐거울 수가 없었다. 그래서 공부보다는 이런 생활이 내 천성인가 하는 생각을 하기도 했었다.

고아원에서 일하며 몸과 마음을 추스른 나는 거기서 마련한 돈으로 2년 뒤에 복학을 할 수 있었다. 그때 나이가 스물다섯이었는데 남들은 결혼할 나이인데도 내가 복학을 하자 교수들도 놀라고 의아해했다.

학교에 다니며 애들도 가르치고 하는 빠듯한 생활이 다시 시작되었다. 등록금 마련이 하도 힘들어서 누가 돈을 줘도 등록을 안 하겠다고 오기를 부린 적도 있었다. 나중에는 목사 안수를 받느냐 안 받느냐보다는 졸업을 해야 한다는 집념으로 하루하루를 버텨 나갔다. 고맙게도 졸업을 앞둔 학기에도 입학금을 놓고 갔던 친구가 등록금을 또 내주었다. 그 친구의 도움으로 나는 어렵게 어렵게 신학교를 졸업할 수 있었다.


그런데 그 말씀은 나한테만 해당하는 것은 아니었다. 조규백 목사가 처음에 이곳에 자리를 잡을 때도 그와 같은 일이 있었다.

나를 이곳으로 인도한 산돌교회의 조규백 목사는 농촌을 간이역쯤으로 생각하고 목사 안수만 받고는 서울로, 도시로 가는 여느 목사와는 달리 소외당한 농민들과 고민을 함께하면서 일생을 농촌에서 농사를 지으며 정주목회를 하겠다는 뜻을 세운 젊은이였다. 또한 유기농을 하는 지역의 젊은 사람들과 함께 자립적 생태공동체를 구성하여 농촌사회의 재건과 생명확산 운동을 펼치려는 큰 뜻을 품고 있었다.

어느 날 그의 뜻을 높이 평가한 서울의 우이교회에서 그를 초청해 소원이 무엇이냐고 물었다. 조 목사가 우리가 여기서 유기농을 하면서 농민들을 변화시키려고 하는데 땅이 없다, 땅만 있으면 정말 소원이 없겠다고 했더니 그날로 교회에서 한 사람이 한 평 사주기 운동을 벌여 모금을 해주었다. 평소에는 무슨 교육관 같은 걸 짓자고 하면 콧방귀도 안 뀌던 교인들이 열성적으로 참여하는 걸 보면서 그 교회 담임목사도 무척 놀랐다고 한다. 조 목사는 그 돈을 가지고 '하늘다리영농조합법인'의 이름으로 이곳에 땅을 마련했다.

그렇게 해서 땅을 마련하게 된 그는 주변에서 함께할 만한 사람을 찾던 중 내 이야기를 듣고 나에게 연락을 한 것이었다. 그렇게 해서 이곳 봉평에 나는 정착하게 되었다.

# 태기산의 깊은 밤

이효석의 〈메밀꽃 필 무렵〉의 무대이기도 한 봉평의 태기산 자락에 거처를 잡기로 했지만 살 집은 새로 지어야 했다. 친구와 함께 미국에서 처음으로 여유로운 시간을 보내고 돌아온 것이 5월. 봉평에 도착해보니 내 짐은 이 집 저 집에 흩어져 보관되고 있었다. 그때부터 나는 본격적으로 보금자리 마련에 들어갔다.

나중에 들은 이야기지만 내 짐을 싣고 왔던 달월교회 장로가 짐을 내리려고 하니 마땅히 짐을 부릴 곳이 없어 몇 군데로 짐을 분리하지 않으면 안 될 상황이었다고 한다. 미국으로 떠나기 전 후임자를 위해 내 짐을 봉평으로 옮겨 달라고 부탁을 했었는데 봉평에서 짐을 맡아주기로 한 사람이 미처 준비를 못했던 모양이었다. 살 곳을 미리 정해 놓고 은퇴를 하는 줄 알고 있던 그 장로는 내가 변변한 집 한 칸 마련하지 않은 채 은퇴한 것을 알고는 짐을 내리면서 눈물을 흘렸다고 했다.

지금도 그렇지만 처음 태기산에 들어올 때도 모든 일을 내 스스로 해나가야 했다. 집도 직접 지어야 했다. 물론 환갑이 지난 내가, 그것도 여자의 몸으로 할 수 있는 일은 아니었기 때문에 젊은 목회자들과 이웃들의 도움을 많이 받았다. 인부들은 따로 쓰지 않았다. 자재도 주변에서 구해서 쓰다 보니 돈도 많이 들지 않았다. 완벽한 흙집도 아니고 나무로만 된 집도 아니지만 나름대로 환경친화적인 집을 지으려고 했다.

5월에 터를 잡고 기둥을 세운 지 4개월여가 지나자 집이 완성되었다. 언덕에다 짓다 보니 자연스레 지하방도 생기고 이층방도 생겼다. 그 집에 종이를 사다가 손수 도배를 하고 종이장판을 깔았다. 종이장판에는 콩댐을 하였다. 옛날 사람들이 하던 대로 맷돌에 콩을 갈고, 그 콩물에 들기름을 섞은 다음 헝겊에 묶어 종이장판에 여러 번 문지르니 윤기가 났다. 달월교회를 떠난 지 8개월여 만에 새 보금자리를 마련한 것이다.

그 8개월 동안 나는 처음으로 집 없는 설움(?)을 맛보아야 했다. 귀국해서도 집이 완성되기까지의 4개월여를 이집 저집 이웃들의 집을 옮겨 다니며 살았다. 목사로서의 모든 기득권을 버리고 떠난 사람이 집에 연연한다는 것이 우습기도 하지만 작고 허름하더라도 돌아와 쉴 수 있는 내 집이 있는 것과 그렇지 않은 것과는 차이가 있었다. 그런 것에 신경을 쓰는 걸 보면 정말 나이는 속일 수 없는 모양이다.

5월에 터를 잡고 기둥을 세운 지 4개월여가 지나자 집이 완성되었다. 언덕에 짓다 보니 자연스레 지하방도 생기고 이층방도 생겼다. 그 집에 종이를 사다가 손수 도배를 하고 종이장판을 깔았다. 종이장판에는 콩댐을 하였다. 옛날 사람들이 하던 대로 맷돌에 콩을 갈고, 그 콩물에 들기름을 섞은 다음 헝겊에 묶어 종이장판에 여러 번 문지르니 윤기가 났다.

집이 완성되고 짐을 풀었지만 새로운 문제가 생겼다. 누가 잠깐씩 와 있기는 했지만 처음 6개월 동안은 대부분 혼자 자는 일이 많았다. 그러다 보니 혼자 밤을 보내는 일이 무척 낯설고 무섭기까지 했다.

삼한시대 진한의 마지막 왕인 태기왕이 산성을 쌓고 신라에 대항하던 곳이라 하여 이름 붙여진 태기산. 그 산자락 한 골짜기 무이리 750m 고지에 달랑 우리 집 하나만 있었다. 지금은 이곳이 관광명소가 되어 각종 펜션이 들어서고 있고, 여름이면 흥정계곡 등 인근 계곡을 찾는 인파로 붐비고, 겨울이면 스키장을 찾는 사람들로 북적이지만 10여 년 전만 해도 정말 조용하기 그지없는 산골이었다.

가까운 이웃이라고 해봐야 십여 분은 족히 걸어 나가야 할 정도로 멀리 떨어져 있었다. 나는 전에 한번도 혼자 살아본 경험이 없었다. 말만 결혼 안 한 사람이지 항상 어머니와 함께 살았고, 노동자들 틈에 파묻혀 살았다. 정말로 혼자 잔 기억이 거의 없을 정도로 항상 사람들 속에서 살았다. 그런 내가 750고지 울창한 나무숲 속에서 혼자 자려고 하니 겁이 났다.

소리를 지르면 듣고 달려올 가까운 이웃이 있는 것도 아닌데 혹시 도둑이라도 들면 어쩌나, 산짐승이 들어오면 어떡하지 하나, 오만 가지 걱정이 다 들었다. 한번 그런 생각이 들자 바람소리도 무섭고, 산새 소리도 예사롭지 않게 들렸다.

안기부(옛 중앙정보부)도 무서워하지 않고 경찰도 두려워하지 않던 내가 고작 산중에서 홀로 잠자는 것을 무서워했다면 누가 믿을 수 있을까 싶기도 하지만 정말 첫날 밤에는 잠을 한숨도 못 자고 뜬눈으로 지새웠다. 그런 밤을 며칠을 보낸 어느 날 한 순간 작은 깨달음을 얻었다.

내가 진짜로 무서워하는 게 뭐지? 산짐승을 만날까봐 두려운 건가. 바람소리에 왜 내가 잠을 설쳐야 하지? 하나님이 만드신 자연이잖아. 나 역시 하나님의 품안에 있는 것이고. 내가 하나님의 품안에서 자고 있는데 왜 걱정하고 두려워해야 되지?

그런 마음이 들자 나는 차분해지고 편안해졌다. 내가 걱정하고 두려워한 것은 낯설고, 익숙하지 않은 환경일 뿐이었다. 도시에서 사람들과만 부대끼며 살다 보니 어느새 자연이라는 존재를 잊어버린 것이다. 풀 한 포기, 나무 한 그루, 산새들……, 그 자연이라는 낯선 생명들과의 만남에 지레 겁을 먹은 것이다. 그것을 깨닫는 순간 비로소 나는 마음의 평안을 찾았다. 밤의 고요를 즐길 수 있었다. 그리고 주변의 사물 하나하나를 애정을 가지고 바라보게 되었다.

# 작은 꽃 한 송이를 위한 기도

지금은 여기저기 많이 돌아다니는 편이지만 처음 얼마 동안은 되도록이면 밖에 나가지 않으려고 했다. 가만히 들어앉아 산책도 하고 책도 보고 생각도 정리하고 싶었기 때문이다. 도시에서 바쁘게 살 때는 잘 몰랐는데 여기에 들어앉아 있자니 처음 얼마간은 많이 갑갑했다. 전에는 시간적인 여유가 있었으면 좋겠다고 생각한 적이 많았는데 막상 그런 처지에 놓이고 보니 남아나는 시간을 주체할 수가 없었다. 몇십 년 동안 바쁘게 움직여온 내 몸에 익은 습성은 갑자기 느슨해진 환경에 적응하지 못했다.

노동운동을 하면서 감옥에도 가고 구류도 많이 살았지만 그런 인위적으로 주어지는 시간과는 또 달랐다. 내가 하고 싶은 대로 마음대로 시간을 보낼 수 있었지만 나는 무엇부터 시작해야 할지 막막했다. 산책을 하면서도 마음은 다른 곳에 있었고, 책을 보고 있어도 눈에 잘 들어오지 않았다. 살림에 재미를 붙여 보려고도 했지만 마음이 편치 않으니 일이 손에 잡히지 않았다.

　몸은 떠나왔지만 마음은 아직 시골 생활에 대한 준비가 덜 된 모양이었다. 아직도 집착하는 마음이 남아 있었던 것이다. 다 비우고 다 놓고 왔다고 생각했는데 내 마음속에는 아직 미련이 남아 있었던 것이다. 그래서 우선은 아무것도 생각하지 않기로 했다. 자꾸 무엇인가를 해야 한다는 강박관념을 놓아버리고 순간순간에 충실하기로 했다. 배고프면 먹고, 잠을 자고 싶으면 아무 때고 잠을 자고, 잡념이 많아지면 무조건 걸었다. 산책도 하나의 훈련이었다. 그러면서 나는 차츰 시간에 익숙해지기 시작했다. 무엇을 해도 서두르지 않고 오직 눈앞의 일에만 집중하다 보니 몸과 마음이 한결 여유를 찾았다. 화분을 가꿀 때는 화분에만 마음을 주고, 설거지를 할 때는 깨끗하게 닦여지는 그릇에만 신경을 썼다. 그런데 참 이상하게도 시간이 지날수록 내가 차츰 다른 사람이 되어 가고 있다는 느낌을 받았다.

　내가 순화되고 있다는 느낌이 들 정도로 마음이 가라앉고 차분해졌다. 내가 여기 와서 다른 사람이 되어야겠다는 생각을 한 적이 없는데 자연스럽게 그렇게 되어 가는 것이다. 마치 내가 오기를 기다리고 있었다는 듯 자연이 나를 변화시켰다. 나도 모르게 자연에 동화되고 자연을 닮아 가는 것 같았다.

　하루는 산책을 하는데 산비탈에 피어 있는 작은 꽃 한 송이가 눈에 들어왔다. 평소에도 자주 산책을 다니는 길이어서 웬만한 나무나 꽃들은 눈에 익은데 유독 그 꽃만은 낯설었다. 작기는 하지만 노랗게 핀 꽃이 너무 예뻤다. "어머, 저 꽃 좀 봐." 하는 탄성이 절로 나왔다. 가까이 다가가 향기를 맡아보았다. 샛노란 꽃에 어울리는 그윽한 향기를 가지고 있었다.

돌아오는 길 내내 그 향기에 취해 있었다. 저렇게 예쁜 꽃이 하필이면 눈에도 잘 띄지 않는 그런 외진 곳에 홀로 피어 있을까. 아무도 봐주는 사람이 없는데도 어쩌면 저렇게 예쁜 꽃을 피워낼 생각을 했을까.

그날 나는 한 송이 꽃을 보면서 많은 생각을 하게 되었다. 꽃은 주변 환경을 탓하지 않는다. 오로지 자신 본연의 색깔로 꽃을 피워내고 자기만의 향기를 뿜어낸다. 그것이 꽃의 일생인 것이다.

누가 봐주느냐 하는 것은 전혀 문제가 되지 않는다. 아무도 봐주는 이 없는 곳에 있다고 하더라고 자기 본연의 색을 잃지 않고 피어나면 언젠가는 나처럼 그 꽃을 보고 감동을 받는이 있을 것이다.

나는 늘 나무처럼 살고 싶었다. 어떤 사람이 될까 어떤 목회자가 될까, 한참 그런 고민을 많이 할 때 문득 주위에 선배가 없다는 생각을 하게 됐다. 여자 목사도 드물 뿐더러 나와 같은 길을 걸었던 사람은 더욱 없었다. 그래서 선배노릇 제대로 할 수 있는 사람이 되어야겠다는 생각을 했다.

겨자씨는 어떤 씨보다 더 작지만 그것이 자라면 큰 나무가 된다.

그 나무 그늘 아래서 나그네도 쉬어가고 새들도 쉬어가듯이 큰 나무와 같은 선배가 되어 후배들에게 귀감이 되고, 그들이 편히 쉴 수도 있고 위로도 해줄 수 있고, 용기를 주고, 기대고 싶은 사람이 되어야겠다고 생각을 했다. 비단 큰 나무는 되지 못하더라도 하늘을 날던 고단한 새 한 마리 쉬고 갈 수 있는 나무, 작은 그림자 하나 드리울 수 있는 나무 같은 사람이 되고 싶었다.

그런데 어느 날 산책길에서 만난 작은 꽃 한 송이가 나에게 이야기하고 있었다. 아무도 오지 않더라도 아무도 봐주지 않더라도 우선 자신에게 먼저 최선을 다해서 꽃 피우는 것이 나의 할 일이라고 말해 주었다. 그것이 진정한 나를 만나는 길이라는 것을 가르쳐 주었다.

그래, 나도 나만의 향기를 뿜는 노란 꽃을 피워내자. 내 색깔을 더 선명하게 하고, 나를 나답게, 보다 노랗게 하자. 그래서 향기가 번지면 벌이 꽃을 찾듯이, 지치고 피곤한 이들이 쉬었다 갈 수 있는, 위로와 용기를 줄 수 있는 사람이 되자. 그것이 곧 하늘나라가 아니고 무엇이겠는가.

그러기 위해서는 어떻게 해야 할까. 나는 매일같이 기도하고 산책하고 명상하면서 나를 나답게 하고 나만의 색깔을 낼 수 있는 길이 무엇일까 생각했다. 답은 쉽게 찾을 수 없었다. 그러다 문득 이런 생각을 하게 되었다. 꽃은 스스로 피어야겠다는 생각을 하면서 피는 것이 아니고, 또한 자리를 선택해서 피어나는 것이 아니다. 인연이 닿은 곳에 떨어진 씨가 때가 되면 싹이 트고, 줄기를 내고 꽃을 피워내듯이 내가 원한다고 해서 어떤 사람이 되는 것이 아니다. 하고 싶은 것, 되고 싶은 것, 바라는 것, 그 마음 자체를 놓아 버리는 것이, 진정한 나를 만나는 길이 아닐까. 어떤 결과를 상정하고 그것에 연연하기보다는 하루하루의 삶에 충실한 것이 진정 나를 나답게 하는 것이 아닐까.

오늘도 나는 나를 나답게 하기 위해, 놓아버리는 연습을 하려고 산책길에 오른다.

# 나무 한 그루, 풀 한 포기의 생명

태기산의 겨울은 무척 길다. 9월 말만 되어도 밤에는 무척 쌀쌀해지고, 어느 해는 5월에도 눈이 내리는 걸 본 적이 있다. 눈이 많이 내릴 때는 며칠씩 고립돼 있기도 했다. 지금은 길이 익숙하니까 문제가 없지만 처음 올라왔을 때는 길이 어딘지 잘 분간하지 못했기 때문에 어지간히 급한 일이 아니면 아예 밖에 나갈 엄두도 내지 않았다.

이곳은 해도 짧다. 여름에도 어둠이 일찍 찾아오기는 하지만 겨울에는 더 심하다. 대여섯시만 되어도 벌써 날이 어둑어둑해지고, 일고여덟 시가 되면 깜깜해진다. 이곳에 올라와 좋은 것 중의 하나가 '하늘의 시간'에 잠을 잘 수 있다는 것이다. 박해조 선생께 들은 이야기인데 저녁 9시부터 새벽 3시까지는 하늘의 시간이고 그 이외의 시간이 사람의 시간이라는 것이다. 하늘의 시간은 사람이 침범하면 안 되니 잠을 자야 한다. 특히 밤 11시부터 새벽 1시까지는 사람의 신체구조, 세포가 변하는 시간이니 그 시간에 잠을 자야 건강한 몸과 마음을 유지할 수 있다고 했다.

물론 그것을 철저하게는 지키지 못하고 있지만 가능하면 하늘의 시간을 침범하지 않으려고 하다 보니 아침이 한결 여유로워졌다. 머리가 가장 맑을 때가 새벽시간이니 그 시간에 깨어 있으면 좋은 생각도 한결 많이 떠오르고, 책도 많이 볼 수 있다. 그런 다음에는 풍욕도 하고 냉온욕도 하면서 하루를 상쾌하게 시작한다.

'아침형 인간'이란 말이 유행처럼 번진 것과도 일맥상통하는 이야기인데 그것이 보다 자연친화적이고 생명친화적인 생활이 아닌가 싶다. 해 뜨면 일하러 나가고 해지면 잠자리에 들었던 옛날 우리 조상들의 생활 모습이기도 하다. 먹고살기 바쁘고 낮과 밤이 따로 없는 도시에서야 그대로 따라할 순 없겠지만 주말만이라도 그렇게 하도록 권하고 싶다. 특히 격무와 스트레스로 인해 진이 빠지고 영이 메말라간다는 느낌을 가져본 사람이라면 꼭 한번 해볼 일이다.

긴 겨울이 지나고 봄이 오자 나는 미뤄둔 숙제를 하는 심정으로 나무를 심기 시작했다. 어떤 사람들은 나보고 주변이 다 나무고 산 전체가 다 정원인데 뭐 하러 또 나무를 심으려고 하느냐고 하지만 내 생각은 그렇지 않았다. 집터를 닦으면서 산도 깎고 나무도 베어내고 했기 때문에 집 주변이 황량했는데 겨우내 쌓였던 눈이 녹자 벌건 흙들이 드러나기 시작했다. 그것이 보기에도 좋지 않을뿐더러 나 하나 살자고 산을 훼손한 것이 늘 마음의 짐으로 남아 있었다.

5월이면 텃밭 주위로 하얀 꽃사과나무 꽃이 핀다. 그렇게 예쁠 수가 없다. 풀 한 포기, 작은 나무 한 그루, 꼼지락거리는 벌레 한 마리가 우주로 보이기 시작하던 어느 날, 꽃사과나무의 가지 하나를 내 잘못으로 부러뜨렸다. 그 순간 내 팔이 아파왔다. 나무의 아픔이 내 육체의 생생한 고통으로 느껴진 기이한 체험이었다.

처음에는 나무를 심으려면 무조건 사다가 심어야 되는 줄로만 알았다. 돈도 없고 한데 어디서 나무를 사서 심어야 하나 걱정을 했다. 도시적인 사고가 아직도 몸에 배어 있었던 것이다. 그러다 전에 어느 책에선가 본 내용이 떠올랐다.

"소나무 밑에 보면 씨가 떨어져 자라고 있는 작은 소나무들이 있다. 이렇게 나무와 나무 사이에 씨앗이 떨어지는 경우가 있는데 큰 나무 아래서 자라다 보니 햇빛을 받지 못해 제대로 크지를 못하고 죽는 일이 허다하다. 제대로 자라지 못하고 죽어가는 이 나무들을 좀 더 넓은 땅에, 좀 더 좋은 환경에 옮겨 심어주는 일이 진정 나라를 사랑하는 일이다."

자세히 기억은 나지 않지만 대체로 이런 내용이었던 것 같다. 그래서 나도 그렇게 나무를 심어야겠다고 생각했다. 그사이 젊은 여자 후배가 찾아와 나와 함께 머물고 있었는데 둘이서 나무를 찾아 나섰다. 주로 소나무를 캐다 심고 단풍나무도 심고 마가목도 심었다.

대추나무나 포도나무 같은 유실수를 심어보라고 권유한 사람도 있었지만 몇 번의 시행착오를 겪으면서 그런 나무들은 이 땅에 맞지 않는다는 것을 알았다. 지대도 높고 날씨도 평지보다 더 춥기 때문이다. 그러면서 얻은 결론은 이 지역에 심을 나무는 이 지역에서 구해야 한다는 것이었다.

그렇지만 예외적으로 성공을 거둔 나무도 있었다. 조경학과를 나온 조카며느리의 자문을 구해가며 꽃사과나무 씨를 구해 심은 후 텃밭을 빙 둘러 모종을 하였는데 기대했던 것보다 더 잘 자라주었다. 일조량이 작아 열매는 보잘것없지만 오월이면 텃밭 주위로 하얀 꽃사과나무 꽃이 활짝 피는데 그렇게 예쁠 수가 없었다.

한번은 나무를 심다가 잘못해서 가지 하나를 부러뜨리고 말았다. 무의식중에 팔을 잘못 움직여 가지 하나가 꺾였는데 그 순간 갑자기 내 팔이 부러지기라도 한 것처럼 아픈 것이었다. 얼마나 아프던지 아야 하고 소리를 지르며 팔을 꼭 붙들었다.

통증이 가시면서 나는 깜짝 놀랐다. 가지가 꺾인 나무의 아픔이 내 팔을 통해 전해진 것 같았다. 놀라웠다. 나무와 내가 하나가 되는 동질의 감정을 느끼면서 나는 나무도 하나의 생명이고 인격체라는 것을 실감하게 되었다. 나도 모르게 눈물이 나왔다. 나무를 붙들고 눈물을 흘리면서 나무도 나의 일부라는 것을 절실히 느꼈다. 나무 한 그루, 풀 한 포기의 생명이 그렇게 귀한 줄을 전에는 몰랐었다.

예전에 나는 노동운동을 하면서, 그리고 목회활동을 하면서 가진 자와 못 가진 자의 평등을 이야기하고, 남녀평등을 이야기했었는데 이제는 거기에 자연도 포함을 시켜야 할 것 같다. 풀 한 포기, 나무 한 그루의 생명도 인간의 생명과 마찬가지임을.

모든 생명은 평등하다.

# 두더지, 땅강아지들과 함께

농촌에 내려가 농사를 짓겠다고는 했지만 사실 말이 농부지 농사를 짓는 게 어디 쉬운 일인가. 농촌에 사는 것은 오래 전부터 꿈꿔 오던 일이기는 했지만 현실적으로는 쉽지 않은 일이었다. 뜻하지 않은 도움으로 수월하게 시골에 내려오게는 됐지만 농사 경험도 없는데다 나이가 들다 보니 몸도 따라와 주지 않았다.

요사이 귀농하는 사람들이 많은데 그들은 나름대로 몇 년씩 착실히 준비도 하고 그러지만 실제로 농촌 생활에 잘 적응하면서 뜻을 이루고 사는 사람들은 많지 않은 것 같다. 경험 부족도 문제이고, 험한 농촌 현실도 장벽이 될 것이고, 그리고 정책적인 지원도 미비하기 때문이다.

한 예로, 귀농을 결심한 사람들은 대개 자연친화적인 농법으로 농사를 지어 보려고 한다. 하지만 이는 한 개인의 힘만으로는 불가능에 가깝다. 농약을 치지 않기 때문에 주변에 있는 해충과 병균들의 공격을 받아 수확이 어려울 뿐만 아니라 유통망도 제대로 정립돼 있지 않아 판로도 원활하지 못하다.

젊은 사람들도 그런데 일흔이 다 된 내가 쉽게 할 수 있는 일은 아니었다. 농촌에 가서 살겠다고 하는 것도 쉬운 일이 아닌데 더군다나 농부가 되겠다고 하는 것은 보통 일이 아닌 것이다. 전에 농사일을 안 해본 것은 아니다. 주로 목회활동을 농촌지역에서 했기 때문에 성경과 찬송가는 놔두고, 작업복에 밀짚모자를 쓰고 논으로 밭으로 사람들을 찾아 심방을 한 적이 많았다. 같이 낫질도 하고 김도 매고, 모도 심으며 이야기를 나누다 보면 내가 채영신이 된 기분이었다.

신학대학을 졸업하고 처음으로 파송된 덕적도에서도 그랬고, 달월교회에서도 그랬다. 그렇지만 그것은 주업으로 한 것이 아니라 어디까지나 잠깐씩 일손을 돕는 정도에 불과한 것이었다. 따라서 내가 할 수 있는 것은 집 앞에 작은 텃밭을 일구고 거기서 유기농으로 키운 감자나 채소 등으로 먹을거리를 해결하는 정도였다.

그리고 처음부터 이렇게 산에 올라오려고 한 것은 아니다. 그런데 강원도는 여느 농촌과는 달리 부락을 형성해 사는 곳이 드물다. 산이 많아서 산비탈을 깎고 살다 보니까 동네가 따로 없다. 지금은 백성현 목사가 올라와 바로 앞에 집을 짓고 살고 있어서 가까이에 이웃이 생겼지만 그 전에는 가까운 이웃이라고 해봐야 몇 분씩 걸어가야 할 정도로 멀리 떨어져 있었다.

이것은 내가 애초에 바라던 것과는 너무도 다른 모습이 아닐 수 없다. 그렇게 된 것에 대해 굳이 핑계를 대자면 나이가 들면서 허리와 무릎이 안 좋아졌기 때문이다. 제대로 농촌 생활을 하기에는 이미 몸이 허락지 않았다. 아쉽지만 내게 맞는 생활은 지금의 공간에서 작은 텃밭을 일구며 사는 정도에 만족할 수밖에 없었다.

그래서 아쉬운 대로 집 주변에 두어 개의 작은 텃밭을 만들었다. 거기에 배추, 무, 상추 같은 채소도 심고 감자, 팥, 콩, 들깨 같은 것을 심어 기본적인 먹을거리를 해결하였다.

여기 와서 한번도 안 빼놓고 제일 신경 써서 짓는 농사는 고추농사다. 보통 300주에서 500주 정도 심는데 초창기에는 700주 정도 심을 때도 있었다. 이곳의 농사규모로 봤을 때는 결코 적지 않은 양이다. 물론 약을 하나도 안 치고 하는 유기농으로 말이다.

약을 안 치고 비료를 안 주면 농사를 망칠 것 같지만 그렇지는 않다. 평지에서는 유기농으로 하면 해충 때문에 애를 많이 먹는다. 혼자서만 유기농을 하다 보면 이웃의 논이나 밭에서 해충들이 이사(?)를 오기도 한다고 한다. 그것들을 일일이 손으로 잡아 주어야 하는데 그것이 보통 일이 아닌 것이다.

그런데 이곳은 주변에 논밭이 없고, 또 지대가 높은 산이라 그런지 생각보다 해충들이 그렇게 많이 생기지는 않았다.

특히 고추농사는 약을 치지 않으면 여간 까다롭지가 않은데 고추

산야초 효소 항아리. 해발 750m 고지의 신선한 고랭지에서 자라는 100여 가지
의 산야초들을 땅에 묻은 전통 항아리에서 1년 이상 발효·숙성시킨다. 그러면
우리 몸의 신진 대사를 원활하게 해주는 '산야초 효소' 라는 음료로 거듭난다. 산
야초를 만드는 일은 이곳 생활의 주된 수입원이기도 하지만 균형이 깨진 식생활
로 고통받는 현대인들을 생각하면 보람 있는 일이기도 하다.

벌레를 일일이 손으로 잡아 주며 이것이 땅을 살리고 생명을 살리는 일이라는 거창한(?) 의미 부여를 하다 보면 힘든 줄을 모른다. 그리고 약을 많이 치면 칠수록 땅이 산성화돼 다음 해에는 더 많은 약을 쳐야 하는 악순환이 되풀이되고, 땅이 오염되고 먹을거리가 오염되기 때문에 나는 가급적이면 유기농을 해야 된다고 생각한다. 물론 농사에 생계가 달려 있는 농부들이 들으면 한가한 소리를 하고 있다고 할지는 모르겠지만 개인이 하기는 어려워도 정책적으로 지원이 된다면 충분히 가능한 일이라고 생각된다.

땅은 원래 딱딱한 것이 아니다. 땅이 산성화가 돼서 지렁이 같은 벌레가 살 수 없으니까 딱딱해지는 것이다. 그런데 유기농을 하게 되면 지렁이들이 살게 되고, 그것들이 돌아다니면 땅이 푸석푸석해진다. 그런 걸 보고 땅이 숨을 쉰다고 한다. 그 땅에 씨를 심으면 당연히 약을 치지 않아도 잘 될 수밖에 없지 않겠는가.

자연농법 하는 사람들은 두더지, 지렁이가 포크레인이라고 한다. 그냥 놔두면 그것들이 알아서 다 땅을 갈아준다는 것이다. 그 이야길 들을 때는 설마 했지만 직접 보고 나니 정말 놀라웠다. 실제로 두더지가 한번 지나가면 땅이 파이고, 지렁이가 지나가면 땅이 푸석푸석해졌다.

흙을 만지다 보면 마음이 그렇게 편할 수가 없다. 엄마의 젖가슴을 만지는 것 같은 편안한 마음이 든다. 허리 디스크 때문에 밭일을 할 때

쭈그리고 앉아서는 할 수가 없다. 지금은 목욕탕 의자 같은 것을 가져다 놓고 거기에 앉아서 하는데 그때는 그런 걸 생각하지 못하고 그냥 땅바닥에 철퍼덕 주저앉아서 일을 했다. 그렇게 앉아서 흙을 만지는 느낌은 뭐라 말로 다 표현할 수 없을 것 같다. 어머니 자궁에 들어앉은 느낌이랄까. 그런 느낌들이 정말 좋았다.

유기농을 하면서 맛볼 수 있는 즐거움 가운데 하나는 벌레들과의 만남이다. 텃밭에 갈 때마다 느끼는 건데 정말 우주가 따로 없다는 생각을 하게 된다. 지렁이 같은 눈에 보이는 것부터 땅강아지, 배추벌레 그리고 이름을 알 수 없는 많은 벌레들이 밭에서 함께 살고 있다. 지금은 웬만큼 큰 지렁이를 봐도 아무렇지도 않지만 처음에는 작은 지렁이가 지나가도 어머 어머 하고 소리를 지르기도 했다.

그중에는 해충도 있고, 지렁이처럼 농사에 도움이 되는 것도 있는데, 가만히 생각해 보니 그들이 다 내 작은 텃밭을 중심으로 나와 함께 공생을 하고 있다는 생각이 들었다. 그것이 생명의 원리가 아닌가 싶었다. 생명이라고 하는 말의 의미가 마치 공생(共生)인 양 생각되었다. 서로가 서로를 필요로 하고, 의지하고, 돕고, 환원하고, 돌고 도는 것이 생명의 이치가 아닐까 싶었다.

# 돼지감자

지금은 조금밖에 남아 있지 않지만 처음 이곳에 자리를 잡을 때만 하더라도 가을이면 집 주변에 돼지감자 꽃이 가득했다. 주위에 노란 돼지감자 꽃이 가득 피면 그렇게 예쁠 수가 없었다. 처음엔 그게 무슨 꽃인지도 몰랐는데 나중에 알고 보니 돼지감자였다. 얼핏 보면 감자 같이 생겼는데 자세히 보면 감자 모양을 한 전혀 엉뚱한 식물이라 하여 '뚱딴지' 라고도 한다.

돼지감자라는 이름이 붙은 이유는 사람이 먹으면 속이 아리고, 소화도 잘 되지 않아 돼지 사료로 많이 썼기 때문이다. 먹을 것이 귀하던 시절에는 먹을거리로도 이용됐는데 요즘에는 당뇨 치료제로도 쓰인다고 한다.

처음에는 꽃이 하도 예뻐 더 번식시키고 싶은 욕심이 생겼다. 그래서 어떻게 할까 궁리를 하고 있는데 하루는 밑에 사시는 할머니 두 분이 여기에 와서 돼지감자를 캐고 있는 것이 아닌가. 보기도 아까운 걸

캐고 있으니 속이 상했다. 그래 왜 그러시냐고, 이렇게 예쁜데 왜 캐시느냐고, 나는 더 번지게 하고 싶은데 하며 말렸다.

할머니들은 그런 나를 어이가 없다는 표정으로 한참을 쳐다보셨다. 그러더니 그중 한 할머니가 이것은 밭을 잡아먹는 거라고, 돼지감자만 났다 하면 다른 작물이 자라지 못하고 나중에는 밭 전체가 돼지감자로 뒤덮인다는 것이었다. 밭 근처에 돼지감자가 있으면 '웬수'가 따로 없기에 그걸 캐가는 게 나를 도와주는 거라고 생각한 것이다.

그렇지만 나는 믿을 수가 없었다. 돼지감자에 푹 빠져 있는 데다 눈으로 직접 보지 않았기 때문에 설마 하는 마음에 할머니들을 돌려보냈다. 할머니들도 내가 너무 설치니까 나중에는 미안하다고 하시며 그냥 발길을 돌리셨다.

그 이야기를 듣고도 나는 실감이 나지 않았다. 이듬해, 나는 씨감자를 준비해뒀다가 밭에 심었다. 그런 어느 날 밭을 매다가 보니까 싹이 나오기 시작하는데 돼지감자 주변에 풀이 무성했다. 나는 감자밭보다 돼지감자가 걱정되었다. 그대로 두면 돼지감자가 제대로 자라지 못할 것만 같았다.

그래서 밭을 매다 말고 돼지감자 주변의 풀을 뽑기 시작했는데 어느 순간부터는 감자밭보다는 돼지감자 주변의 풀을 더 자주 뽑게 되었다. 유기농을 하기 때문에 밭 주변에 풀이 많아 매일같이 풀을 뽑아줘야 하는데 돼지감자에만 신경을 쓰다 보니 밭은 온통 풀 천지가 되어 버렸다.

　나중에는 도저히 안 되겠다 싶어 다시 밭을 매기 시작했다. 그렇게 한 달쯤인가를 돼지감자를 잊고 밭에만 신경을 썼다. 밭이 어느 정도 정리가 되자 돼지감자 생각이 났다. 아마도 잡초들 때문에 제대로 못 자랐을 거라고 생각하며. 그런데 이게 웬일인가. 잡초는 하나도 보이지 않고 돼지감자는 허리께까지 자라 있었다.

　그래서 돼지감자 사이를 살펴봤더니 제대로 자라지 못한 잡초들이 그대로 다 있는 것이 아닌가! 돼지감자의 생명력이 잡초보다도 훨씬 더 강해 잡초들이 힘을 쓰지 못한 것이다. 그제서야 할머니의 이야기가 이해가 됐다.

　그걸 보면서 문득 이런 생각을 하게 됐다. 세상에는 천사만 있는 게 아니라 악한 세력도 있게 마련인데, 나는 지금까지 선한 사람을 키우고 한데 모을 생각보다는 악을 제거하는 데만 신경을 써왔구나. 사회의 구조적인 악만 뽑아내려고 악착같이 싸워왔구나. 그런데 돼지감자가 너무 빨리 자라니까 잡초가 힘을 못 쓰듯이 사회에 선한 세력이 많으면 악한 세력이 힘을 못 쓰겠구나. 이 선한 사람들을 하나로 모으기만 하면 되겠구나. 그들이 연대하면 악한 세력들이 힘을 쓰지 못하겠구나.

　앞으로의 운동은 잡초를 제거하는, 구조적인 악을 제거하는 운동만이 아니라 돼지감자와 같은 선한 세력, 사회단체들을 만들고 키우고 그들이 연대하게 하는 방향으로 나아가야 되겠구나 하는 생각이 들었다.

나에게 이런 깨달음을 얻게 한 돼지감자는 아이러니하게도 내 손에 의해 뽑혀져 나갔다. 주변에 그렇게 많던 돼지감자가 조금밖에 남지 않은 이유는 당뇨에 좋다는 사실이 알려지면서 사람들이 많이 캐 갔기 때문이기도 하지만 무엇보다 돼지감자의 놀라운 생명력 때문이었다. 어느 순간부터 그렇지 않아도 작은 내 텃밭들이 돼지감자로 온통 뒤덮이기 시작하면서 어쩔 수 없이 캐내지 않을 수 없었다.

# 함석헌 선생의 화분에 담긴 뜻

　폭력에 대한 거부, 권위에 대한 저항 등 평생 일관된 사상과 신념을 바탕으로 항일투쟁과 반독재운동에 앞장서 오신 함석헌 선생님께서 어느 날 나를 당신의 집으로 부르셨다. 선생님과는 평소 가깝게 지낸 것도 아니고 자주 인사를 드린 사이도 아니어서 조금 의아했다. 가끔씩 뵙기는 했어도 몇 마디 격려 외에는 특별한 말씀이 없었고, 나에게는 너무 높아만 보이는 큰 어른이신 까닭에 멀리서만 바라볼 뿐이었다.

　사실 그때는 내가 산업선교회에서 일하며 한참 치열하게 살 때라 짬을 내기가 쉽지는 않았다. 몸이 열 개라도 모자랄 만큼 하루하루가 바쁘게 돌아갔고, 긴장의 연속이었지만 내가 존경해 마지않는 어른이 부르시는 데야 차마 거절을 할 수 없었다. 무슨 일로 나를 부르신 걸까, 설마 괜히 부르신 것은 아닐 테고 무슨 중요한 말씀을 하시려고 그러시는 거겠지 하고 생각하며 어렵게 시간을 냈다. 용산 어디쯤이라는 것만 알았지 직접 가본 적은 없기 때문에 물어물어 선생님을 찾아 뵈었다.

선생님은 나를 반갑게 맞이하셨지만 그렇다고 특별한 용건이 있으신 것 같지도 않았다. 차 한 잔을 마신 후 나를 당신의 온실로 안내했다. 자그마한 마당 구석에 꾸며진 온실은 크지는 않았지만 아담했다. 그 안에서는 여러 가지 꽃들이 자라고 있었고, 화분들도 보기 좋게 잘 정리가 돼 있었다. 온실을 구경시켜 주시던 선생님께서 작은 화분을 하나 집어 들더니 의아하게 쳐다보고 있는 나에게 주셨다. "조 목사, 이거 죽이지 말고 잘 키워."

단지 그 말씀 한 마디만 하시는 거였다. 나는 조금 당황했다. 겨우 화분 하나를 주시려고 바쁜 사람을 부르신 걸까. 나는 설마 하는 심정으로 물었다. "이거 주시려고 부르신 거예요, 다른 말씀은 없으세요?" 선생님은 고개를 끄덕이시는 걸로 대답을 대신하셨다. "정말 다른 말씀은 없으세요?" 하고 재차 물어도 선생님의 대답은 한결같았다. "절대로 죽이지 말고 잘 키워야 돼, 조 목사."

고맙다는 인사를 하고 돌아섰지만 나는 이해가 되지 않았다. 왜, 무슨 의미로 이걸 주셨을까. 아무리 생각해도 이상했다. 사실 선생님께는 죄송한 말씀이지만 하도 어이가 없었기 때문에 이런 생각도 했었다. '아니 저 노인네가 망령이 들었나. 이깟 화분 하나 주자고 그래 바빠 죽겠는 사람을 불러!'

선생님께서는 절대로 죽이지 말라고 그렇게도 신신당부하셨건만 나는 돌아오는 길로 화분에 대해서는 까맣게 잊어버렸다. 그 후로도 몇 번인가를 뵈었지만 선생님께서도 화분에 대해서는 달리 말씀이 없으셨기 때문에 화분은 자연스럽게 잊혀져 갔다. 또 그렇게 자주 만나고 할 정도로 편안한 시절을 보낸 것도 아니기 때문에 나도 새삼 화분을 주신 뜻을 물을 수도 없는 일이었다.

나의 무관심 속에서 선생님의 화분은 사무실 한켠에서 서서히 말라 가고 있었다. 사실 그랬을 거라고 짐작만 할 뿐이지 화분에 대한 존재 자체마저 내 머리를 떠난 지 오래였다. 아마도 그 화분은 물을 따로 주지 않아도 살 수 있는 시간까지만을 살다가 죽었을 것이다. 그만큼 나는 바쁘게 살았고, 일분일초가 아깝게 생각되던 시절이었기 때문에 화분에 마음을 줄 여유가 내게는 없었다.

세월 속에서 잊혀져 버린 그 화분이 다시 살아난 것은 내가 이곳 태기산 자락에 자리를 잡고 나서도 약간의 시간이 흐른 뒤였다. 집들이를 오는 사람들이 놓고 간 화분들을 돌보는 일에 새삼 재미를 느껴가던 어느 날 문득 그 옛날 선생님께서 주신 화분이 생각난 것이다. 정말 아차 싶었다.

변명처럼 들릴지는 모르겠지만 그 당시 내 생활은 그 작은 화분에 물을 한번 줄 수 없을 정도로 각박하기만 했다. 주변에서 보이는 것이라고는 억울하게 당하는 사람들뿐이지, 툭하면 경찰에 잡혀가 곤욕을 치르지를 않나, 감옥에 가질 않나, 어디 그것뿐인가, 심지어는 죽임을 당하는 사람들도 있었다. 세상은 그렇게 각박하게 돌아가는데 어디 내가 한가하게 화분에 물을 줄 수가 있었겠는가 말이다.

그런 틈바구니에서 살다 보니까 극장에 가서 머리를 식혀야겠다, 잠시 여행을 떠나야겠다고 하는 생각이 들 때마다 내 자신을 용서할 수 없었다. 아니 지금이 어떤 세상인데 내가 팔자 좋게 그런 생각을 해. 한가하게 어디 가서 쉴 생각을 하냐고. 다른 사람들이 뭐를 하자고 할 때도 나무라기도 하고 욕을 하기도 하며 절대 용납하지 않았다. 그런 생각 자체를 죄악시할 정도로 세상은 험악했다.

그러다 보니 내 생활은 하루하루가 벼랑 끝을 걷는 것 같은 긴장의 연속이었다. 그런 내 모습을 보며 무슨 목사가, 무슨 여자가 저 모양이야 하고 욕하는 사람도 있었고, 때로는 함께 일하는 사람 중에도 너무 설치는 것이 아니냐고 곱지 않은 시선을 보내는 사람도 없지 않았다.

그런 지경이다 보니 선생님이 보시기에 정신없이 사는 내 모습이 얼마나 위태하고 안쓰러워 보였을까. 열심히 사는 것도 좋지만 좀 더 여유를 가지고 주변을 둘러보고, 세상을 바라보기를 선생님은 바랬을 것이다. 그것을 말이 아닌 생명을 가꾸는 일을 통해 가르쳐 주시려고 한 것이다.

사실 꽃을 돌본다고 하는 것은, 화분을 돌본다는 것은 그리 많은 시간을 필요로 하는 일은 아니다. 잠깐씩 틈을 내 물만 주면 되는데 여유가 없다 보니 그런 것 자체가 사치로만 여겨진 것이다.

화분에 물을 준다고 하는 것은 잠시지만 내가 거기에, 그 화분에 머물러야 된다. 그리고 그것은 꽃을 가꾸는 것에서 끝나지 않는다. 그 행위 자체가 나를 돌아보고 내 정신을 돌보는 일인 것이다. 그것은 정신의 여유가 있을 때 가능한 일이다. 그때의 나처럼 정신적인 여유가 없이 사는 사람들에게는 꿈같은 일이고 배부른 소리가 아닐 수 없었다.

그토록 오랜 세월을 잊고 살았는데, 모르고 살았는데 자연 속에 들어앉아 살다 보니까 선생님께서 화분을 주신 뜻이 어느 날 갑자기 자연스럽게 내 안에 들어왔다. 그 시절, 그토록 각박한 삶을 살아야 했던 그 험악한 시절에 그 뜻을 알았더라면, 선생님의 말없는 그 고귀한 가르침을 깨달았더라면 하는 아쉬움이 진하게 남는다.

물론 노동자들과 함께한 내 삶을 나는 한번도 후회해 본 적이 없다. 다만 내가 좀 더 여유를 가지고 주변을 돌아보며 세상을 볼 수 있었다면 알게 모르게 내 언행에서 상처를 받았을지도 모를 사람들에게 힘이 되어 주고 위안이 되어 줄 수 있었을 텐데 하는 아쉬움이 남는다.

어디 그런 사람들이 한둘이랴. 각박한 세상일수록 더 여유를 부려야 하는 법이다. 그랬더라면 나와 함께 울고 웃으며 무수한 고난과 어려움들을 헤쳐 온 이들을 조금 더 사랑했을 것이고, 그들에게 조금 더 웃음을 줄 수도 있었을 텐데 하는 안타까운 마음이 들기 때문이다.

너무 늦기는 했지만 이 지면을 빌어 하늘나라에 계실 함석헌 선생님께 진정 감사를 드린다.

# 살아 있는 것들은 따뜻하다

밭에서 감자를 캐다가 느낀 것이 있다. 막 캐낸 감자에서 나오는 온기다. 손으로 전달되어져 오는 땅과 감자에서 나오는 온기를 뭐라고 말할 수 있을까? 이제 탯줄을 막 끊고 세상에 나온 어린아이의 온기 같기도 하고 때론 엄마 품에서 나오는 살 냄새 같기도 하다. 땅바닥에 그만 철퍼덕 주저앉아 나는 생명을 느낀다. 살아 있음을. 나도 감자도 이 대자연 속에서 똑같음을 느낀다.

살아 있는 사람들에게 입김과 체온이 있듯이 살아 있는 자연 모두에게도 그 몸에서 나오는 기운이 있다. 꽃 한 송이, 나무 한 그루, 하늘을 나는 새, 땅 속의 지렁이, 배추 잎 속의 배추벌레……. 그 기운들이 나비를 날게 하고 벌들을 윙윙거리게 하고 열매를 맺게 하고 흙을 숨쉬게 한다.

그 기운들은 모두 따뜻하다. 따뜻함을 준다는 것은 생명을 준다는 것과도 같다. 닭이 제 몸의 체온으로 알을 품어 병아리를 탄생시키는 것처럼 말이다. 따뜻하게 품어 주라. 그러면 매순간 새롭게 탄생하는 것을 볼 것이다. 살아 있다는 것 그것은 바로 따뜻함이다. 진정으로 우리는 살아 있는 것일까. 사람들에게, 가족과 이웃들에게, 꽃과 나무와 새들에게 우리는 따뜻한 것일까.

제대로 살아 있자고, 살아 가자고 외치며 지난 날 나는 노동현장에 뛰어들었다. 하나님 저들을 살아 있게 해주세요, 저들이 살아 가게 해주세요. 밤이고 낮이고 기도하며 외치며 뛰어다녔다. 살아 있음! 그것이야말로 세상에서 제일 소중한 것이고 순수함이며 따뜻한 밥이고 눈물이다.

'하늘에서 내리는 눈이 살아 있다' 라고 말한 시인이 있다. 60년대 참여시의 대표주자 김수영 시인의 '눈' 이라는 시를 한번 읊어 보라.


눈은 살아 있다.
떨어진 눈은 살아 있다.
마당 위에 떨어진 눈은 살아 있다.


기침을 하자.
젊은 시인이여 기침을 하자.
눈더러 보라고 마음 놓고 마음 놓고
기침을 하자.

눈은 살아 있다.

죽음을 잊어버린 영혼과 육체를 위하여

눈은 새벽이 지나도록 살아 있다.


순수한 삶에 대한 갈망과 자유를 표현한 이 시에는 차가운 눈조차 살아 있다고 말한다. 눈도 살아 있다. 하늘에서 내리는 흰눈에도 온기가 있다. 그런데 대부분의 많은 사람이 자신이 온기를 가지고 있다는 사실을 잊고 살 때가 많다. 36.9도의 따뜻한 체온을 가졌음에도 불구하고 냉정하게 살아가는 사람들이 아직도 이 세상에는 많다.

자신의 체온을 느껴라. 가슴에 손을 대고 내가 따뜻하다는 것, 그리고 흙과 흙이 전해 주는 모든 식물들과 곤충들이 따뜻하다는 것을 느껴라. 미움에도 질투에도 따뜻함이 있다는 것을 느껴라. 따뜻한 생명을 느끼는 당신이야말로 살아 있는 것이다.

# 살림, 사람을 살리는 일

그동안 참으로 많은 사람들이 이곳엘 다녀갔다. 어떤 이는 며칠을 묵어가기도 하고 어떤 이는 몇 달을 묵고, 일 년 넘게 머물다 간 사람도 있다. 그들은 올 때마다 혼자 살고 있는 내가 걱정되는지 뭐 필요한 것이 있으면 이야기를 하라고 한다. 가는 길에 사가겠다고. 그런데 사실 외따로 떨어져 살고 있기는 하지만 특별히 부족한 것은 없다. 밖에서 사서 먹는 것은 거의 없고 대부분의 먹을거리는 텃밭에서 다 해결이 되기 때문이다.

어떤 이는 상에 오르는 찬이 서너 가지밖에 되지 않는 것을 보고, 그것도 채소 일색인 찬들을 보고는 돌아가서 사람들에게 내가 돈이 없어서 어려워서 그런다고, 눈물을 흘리며 너무 가슴이 아프다고 이야기를 하는 사람도 있었다.

그렇지만 그것은 형편이 어렵고 부족해서가 아니다. 이곳에 온 이후 나는 채식 위주의 소식을 하고 있다. 검소한 생활과 과도한 먹을거리로 인해 생기는 오염과 질병 문제를 거론하지 않더라도 식습관을 바꾸고 소식을 하면서 몸도 많이 가벼워지고 건강도 좋아졌다.

이웃집 백 목사네는 절대 세 가지 이상 반찬을 올려 놓지를 않는데 나는 그렇게까지 철저하게 지키고 있지는 못하지만 가능하면 그렇게 하려고 하고 있다. 그리고 우리 집을 찾는 사람들에게 도시에서 흔하게 접할 수 있는 음식보다는 이곳에서 많이 나는 것으로, 약을 치지 않은 먹을거리로, 소박하기는 하지만 평소에 잘 먹어 보지 못했던 것들을 대접한다.

과거에 어느 교수는 아무리 귀한 손님이 와도 평양냉면에 녹두부침개만을 대접했다고 한다. 나는 호박전이나 묵밥, 부추부침개, 머위들깨탕 같은 것을 대접했다. 겨울에는 산나물을 캐서 말렸다가 해먹는 나물비빔밥이 별미였다.

호박전은 손이 많이 가기는 하지만 노란 늙은 호박을 갈아 야채를 잘게 썰어 넣은 다음 달걀을 풀고, 밀가루 반죽을 해서 손바닥만 하게 부쳐 놓으면 색도 맛도 모두 일품이다. 묵밥은 백 목사네에서 잘하는데, 나도 가끔 도움을 받아 손님들에게 대접했다. 머위는 이곳 무이리에서 많이 나는데 삶은 다음 껍질을 벗기고 다듬어 미리 준비해둔 깻물을 넣고 끓이면 먹음직한 머위들깨탕이 된다.

이런 손님 접대 외에도 김장도 하고, 선물로 들어온 화분도 가꾸고 하면서 나는 차츰 살림에 재미를 붙이기 시작했다. 자고 나면 일이 생기고, 또 자고 나면 또 다른 일이 생겼다. 살림하는 여자들이 바쁘다고 하면서 밖에 잘 나오지를 않는 것이 그제야 이해가 됐다.

오전에는 주로 집 안에서 일을 한다. 내가 머물고 있는 공간을 쓸고 닦고 정리하면서 또 다른 삶의 즐거움을 알게 되었다. 요리를 하나 하더라도 이렇게 해볼까 저렇게 해볼까 궁리를 하면, 이것이 바로 예술이다 싶었다. 이것저것 시도해 보면서 같은 재료로도 여러 가지 다른 맛과 색을 낼 수 있다는 것이 신기하기만 했다.

화분에 물을 주고 위치를 바꿔 보기도 하고, 종도 매달아 보고, 예쁜 돌들을 주워다가 여기저기 놓아 보기도 하면서 느끼는 재미도 작지 않았다. 나에게도 이런 여성성이 있었나 싶기도 했다.

전에는 그런 것은 나하고는 상관이 없는 것인 줄 알았다. 화분을 가꾸는 것이 사치로만 보였고, 살림 같은 것은 나하고 어울리지 않는다고 생각했다. 살림에 특별한 가치 부여를 하기보다는 여성도 집 안에만 있지 말고 밖에 나가 사회활동을 많이 해야 한다고 생각했다. 직접 살림을 도맡아 해본 적이 없기 때문에 살림한다는 것이 얼마나 귀하고 살림하는 여성들이 얼마나 귀한지를 미처 몰랐다.

걸레질 하나하나에도 마음을 담아서 하다 보면 그것이 곧 마음을 닦는 일이 되는 것이다. 나는 특히 설거지를 좋아하는데 마음에 낀 때를 씻어내는 마음으로 설거지를 하다 보면 어느새 하얗게 변해 가는 그릇들에서 하얗게 정화되어 가는 내 마음을 만나곤 한다.

살림이라는 것은 말 그대로 사람을 살리고 가족을 살리고 사회를 살리는 일이다. 돈으로는 환산할 수 없는 가치가 있다. 아직은 미흡한 면이 있기는 해도 요사이 살림에 대한 의미가 새롭게 조명되고 있는 추세이고, 살림에 대한 사회적인 가치 부여도 과거와는 달리 많이 높아지고 있어 반가운 마음이 든다. 전업주부가 되는 남자들이 늘고 있는 것도 나는 긍정적인 측면이 많은 것으로 본다. 물론 거기에는 사회에서 밀려난 개인적인 아픔 같은 것들도 있겠지만 살림이 할 일 없는 여자들이나 하는 하찮은 일이 아니라는 의식 변화의 한 증거로 생각하고 싶다.

# 가슴이 시키는 것을 하라

사람들은 머리가 아프다는 말을 많이 한다. 자식들 걱정에, 돈에 매이고 일에 매이다 보니 머리가 열을 받는 것이다. 머리를 써라, 머리를 굴려라, 머리가 좋아야 한다……, 온통 머리 머리 머리가 최고인 세상이다 보니 현대인들의 머리는 꽉 찬 석류알처럼 곧 터질 것만 같다. 머리만인 삶에는 따뜻함이 없다. 배려가 없고 나눔이 없고 마음 씀이 없다. 바쁘고 정신없는 그저 무정하고 비정한 도시처럼 스쳐 지나갈 뿐이다.

머리가 최고인 것이 인정받는 세상에게 나는 이렇게 말하고 싶다. 가슴이 시키는 것을 하라. 가슴을 느끼라는 것이다. 심장이 뛰는 소리, 더 귀를 기울여 따뜻한 가슴의 온기 그리고 가슴이 말하는 것을 들으라는 것이다. 머리만 쓰고 머리만 살아 있는 것은 로봇이다. 컴퓨터에 불과하다. 사람들은 가끔씩 자신에게 가슴이 있다는 것을 잊어버리는 것 같다.

자연을 느끼는 것은 머리가 아니다. 꽃이 아름답다고 느끼게 되는 것은 꽃이 아름답다고 배워서가 아닌 것이다. 가슴이 느끼기 때문이다. 머리의 역할을 무시하는 것이 아니라 단지 머리만으로 아는 것이 진정 안다고 말할 수 있는지 의문이 드는 것이다.

　지금 우리는 대학 신입생보다 대학이 많은 시대를 살고 있다. 초등학교에 다니는 아이들도 학원을 대여섯 군데씩 다닌다는 소리를 들었다. 그렇게 머릿속에 많이 집어넣으면 학교공부는 잘 할지 모르겠으나 그 아이들이 이웃의 아픔과 자연의 아름다움을 알 수 있을지 의문이다. 게다가 생각이 너무 많으니 생각만하다가 인생을 마칠까 두렵다. 아무것도 해보지 못하고 그저 생각만 한다. 이걸 해보려니 이게 걸리고 이렇게 하자니 이런 결과가 예상되고 머리로만 계산하다보니 머리가 터질 것 같다고 한다.

　아이들도 어른들도 자신들이 뭘 해야 할지 몰라서 갈팡질팡한다. 그렇게 많이 배우고도 뭘 해야 할지를 모르는 것이다. 남의 일도 아니고 네가 뭘 하고 싶으냐고 묻는 것인데도 "그러게요, 제가 뭘 하고 싶은지 모르겠어요." 하고 말한다. 머리로 배우는 것은 내 것이 아닌 남의 것이나 다름없다. 교과서에 실린 내용도 같고 학원에서 배우는 것도 거기서 거기다. 문제는 그 사람의 가슴이 무엇을 어떻게 느끼느냐가 다른 것인데 가슴 뛰게 하는 뭔가가 없다면 무엇에 열정을 쏟을 것인가 말이다.

교과서에 있는 좋은 내용이라도 실천하며 살면 좋은데 머리로 배운 것이 가슴으로 내려오질 못한다. 머리로만 가르쳤기 때문이다. 가슴으로 가르쳐서 가슴으로 배울 수 있게 하지 못했기 때문이다. 물론 개인마다 기질도 다르고 성향이 다르긴 하지만 머리로 울고 감동받는 사람은 없다. 머리 좋은 사람은 혁명을 절대 못한다. 머리와 가슴이 연결되어 있는 만큼 배운 것을 가슴으로 체득하고 몸으로 실천하면 사회는 훨씬 생동감 있고 창조적이 될 것 같다. 좋은 것을 많이 배우는 것으로만 끝나면 안 된다. 하나를 배워도 가슴에서 펄떡이는 뭔가를 실천해 나가야 기쁨이 있다.

생각해 보면 나에게 남은 것은 '사람'이라는 생각이 든다. 사람은 어떻게 얻어졌는가? 계획을 세워서 내가 저 사람을 얻어야지 해서 얻어진 것이 아니다. 그저 같이 먹고 같이 자고 같이 행동하고 그러다 보니 사랑하게 되었다. 그런데 이게 머리로 된 것이 아니라는 이야기다.

진정 가슴에서의 깨달음이 있어야 한다. 머리로만 듣고 머리로만 깨달으면 결국 입으로만 대답하기 마련이다. 가슴에 뭔가가 떨어져야 사람도 변한다. 가슴이 깨달아야 행동이 변하기 때문이다. 사랑할 때 가슴이 뛰지 머리가 뛰지 않는 것을 보면 안다.

가슴으로 살려면 어떻게 해야 하는 것일까. 먼저 '소리'를 들어 보라. 몸 밖의 소리가 아닌 자신의 몸 안에서 들리는 소리. 눈을 감고 그

속으로 침잠해보라. 나는 누구였고 애초에 어떤 사람인지, 무엇이 되고 싶어 하는지 들어 보라. 내 가슴의 생김새는 어떻게 생겼고 어떤 색깔을 하고 있는지 들여다보라. 자신의 소리를 들을 수 있게 되면 어느새 나무들의 이야기들도 저 팔만대장경 같은 자연의 말씀도 들리게 될 것이다.

나는 여태껏 가슴이 시키는 대로 살았다. 노동현장에 뛰어든 것도 그러다가 훌쩍 이곳 태기산 자락에 묻혀 자연과 함께 십 년을 넘게 살아온 것도 모두 내 가슴이 시키는 대로 했다. 나는 단 한 번도 그 어떤 명예를 위해서, 부를 위해서 머리로 권모술수를 쓰지 않았다. 아직도 나는 내 가슴이 뛰는 것을 느낀다. 두근두근 뛰는 그 박자는 아직도 열여덟 살의 순수함과 수줍음과 부끄러움을 그대로 가지고 있는 것 같다.

가슴으로 사는 세상이 오면 좋겠다. 그것은 훨씬 진실한 세상이라고 확신한다. 지금보다 더 인간적인 세상, 더 자연스럽고 평화로운 세상 말이다.

# 그러나 언제나 사랑을 잊지 말자

참으로 나는 가슴이 원하는 것을 행하며 살았다. 만약 내 가슴이 정치가를 원했다면 지금쯤 정치가가 되었을 수도 있었고 부유한 교회의 목사가 되길 원했더라면 아마도 그렇게 됐을 것이다. 내 가슴이 원한 것, 내 가슴이 찾은 곳, 바로 지금 이곳에서 나는 행복하다.

칠흑 같은 밤 내가 사는 이곳 750m 고지를 비추는 별들을 바라보며 나는 생각한다. 여기 내가 사는 이 오두막을 길을 가다가 힘들고 지치고 피곤한 사람들이 찾아와 쉬는 지상의 별로 만들자고.

내 방에는 커다란 유리창문이 있다. 집도 없고 사람도 없는 깊은 산속 내 방 유리창문 앞에 서서 밤하늘을 바라보면 거기 수많은 별들이 있다. 금은방의 보석들처럼 반짝반짝 빛나는 별들, 저요 저요 하며 손을 높이 쳐들며 말하고 싶어 하는 별들, 길 잃은 별들, 가난한 별들, 드러내지 않고 숨어사는 별들, 웃는 별들, 한숨짓는 별들, 눈물짓는 별들……. 어두운 밤하늘에서 별들이 저마다 연예인처럼 빛나기도 하고 정치인처럼 빛나기도 하고 때로 길을 잃은 것들을 위해 비추기도 한다. 내 창문으로 보이는 그 별들은 모두 오늘의 하늘을 살고 있는 젊은 별들이다. 그 별들에게 나는 가끔 이렇게 말한다.

"언제나 사랑을 잊지 말아라!"

사랑을 잊고 사는 사회는 그야말로 반짝이기만 하는 사회다. 특히 물질문명 위주의 사회에서 우리는 얼마나 많이 높이 빨리 달려만 가고 또 치장하고 있는 것인가. 모두가 별이고 그 모두가 별들이 되고 싶어 하는 이 세상에 사랑마저 잊고 있다면 세상은 그야말로 허망한 네온사인에 불과할 뿐이다. 언제나 사랑을 잊지 말자. 이 세상을 사랑과 나눔으로 기뻐하고 즐거워하며 살자. 성경에 보면 다음과 같은 말씀이 있다.

젊은이여, 젊을 때에 젊은 날을 즐겨라. 네 마음과 눈이 원하는 길을 따라라. 다만, 네가 하는 이 모든 일에 하나님의 심판이 있다는 것만을 알아라. (전도서 11:9)

젊은 날 나는 정의를 위해 노동현장 속으로 뛰어들었다. 그들을 위해 사는 삶이 기뻤고 그들이 즐거워하는 모습을 보며 행복했다. 즐거웠고 행복했던 날들이 많았기에 또한 언제나 그들에 대한 사랑을 가슴속에 기억하고 있다. 그래서 이 깊고 작은 오두막에서도 나는 행복

從吾所好(종오소호)
'내가 좋아하는 바를 따른다' 는 뜻으로 이현주 목사가 조화순 목사의 고희를 축하
하며 글씨를 썼다.

하다.

　자신이 한 일이 결국 자신에게 돌아온다는 것을 자연은 너무도 잘 알고 있다. 나무, 풀, 바람, 빗방울…… 하루 종일 사람이라고는 찾아볼 수 없는 집 뒤 오솔길을 산책하면서 나는 그들이 하는 이야기를 듣는다. 바람이 나뭇가지를 스치며 하는 말이 있다. 가을이면 나뭇가지에서 나뭇잎이 떨어지며 하고 가는 말이 있다. 봄이면 꽃잎이 떨어지며 하고 가는 말이 있다. 사계절 언제나 자연이 하는 말이 있다.

　"언제나 사랑을 잊지 말아라."

　사랑을 잊지 않았기에 그들은 봄이면 다시 꽃이 피고 여름이면 수많은 초록이파리로 만나는 것이다.

　아무리 바빠도 때로 마음이 흐리고 힘들어서 겨를이 없어도 분명 간과하지 말아야 할 것, 사랑을 잊지 말자. 슬프다고 어렵다고 괴롭다고 사랑을 잊어버리면 그야말로 영원히 슬픈 것이다. 사랑을 잃어버리는 것이다.

# 늙지 않고 잘 익어간다는 것

해마다 명절이나 무슨 기념일이 되면 여기저기서 안부전화가 많이 걸려온다. 찾아뵙지 못해 죄송하다고. 그럴 때마다 나는 꿈에도 그런 생각일랑 하지 말라고 한다. 오지 않아도 하나도 서운하지 않다. 정말로 내가 바라는 건 다들 자기 자리에서 열심히 잘 살고 있다는 이야기를 듣는 것이다. 일부러 시간을 내서 여기까지 올 필요가 없다.

그런데 사람들은 나이가 들면서 어린아이처럼 되는 것 같다. 나이가 들고 신체가 부자유스러워지면 자식들에게 의존하게 되고 남에게 의존하게 된다. 내가 너를 키우느라고 얼마나 고생했는데, 옛날에 내가 너를 얼마나 도와줬는데…… 지금 너는 왜 나한테 소홀하고, 잘 하지 않는 것이냐 이런 논리가 되는 것 같다. 나는 그렇게는 되고 싶지 않았다.

나는 언제나 젊게 살고 싶었다. 나이가 들면서 사람들이 보수적이 되고 폐쇄적이 되고 외골수가 되어 가는 것을 지켜보면서 나는 마음이 아팠다. 그들도 한때는 누구보다 젊었고, 건강한 생각을 가지고 있었고, 배울 게 많았는데 어느 순간 마음의 문을 닫아걸고 배우기보다는 가르치려고만 하고, 귀담아듣고 이해하려 하기보다는 자기 잣대로 재단하려고만 했다. 그리고 그것은 곧 늙어간다는 징표로 사람들에게 각인되어 버렸다.

나는 그런 식으로 늙고 싶지 않았다. 얼굴에 주름이 늘어가고 머리가 하얗게 되는 건 어쩔 수 없다고 하지만 생각까지 늙고 병들고 싶지는 않았다. 갓난아기에게도 배울 것이 있고, 나무 한 그루도 내 스승이 될 수 있다. 어느 곳에 가 있든지 누구와 만나든지 항상 열린 마음으로 보고 들으려고 한다면 오해와 반목보다는 이해와 화합이 함께한다.

그래서 나는 요즘에도 젊은 사람들과 많이 만나고 그들의 이야기에 귀를 기울인다. 그들도 내가 자기들의 이야기에 귀를 기울이는 것이 싫지는 않은 모양이다. 한때는 내가 그들에게 작은 쉼터가 되어 주었지만 이제는 내가 그들에게서 즐거움을 찾는다.

늙지 않고 잘 익어 간다는 것은 그런 것이 아닐까 싶다. 과거를 그리워하고 회상하면서 사는 것이 아니라 더 큰 인격적 성숙을 이뤄가는 것. 나이 많은 사람으로서 새로운 삶의 모습을 보여주는 것이 또 내게 맡겨진 역할이 아닐까 싶다.

살아 있을 때 잘 사는 것도 중요하지만 잘 죽는 것은 더 중요하다. 죽음을 준비하는 것은 한생의 마무리를 하는 것이다. 나도 많은 죽음

이곳 태기산 자락에 자리를 잡은 지 벌써 십여 년의 세월이 흘렀다. 처음 이곳에 왔을 때는 우리 집 한 채밖에 없었지만 이듬해 백 목사네가 바로 아래에 터를 잡았다. 우리 집에 일 년 정도를 머물며 벽돌도 시멘트가 아니라 흙으로 구운, 진짜 흙집을 지었다. 그동안 백 목사네 아이도 둘이 더 늘어났다. 어느 날, 중일이가 내게 와 "할머니 죽지 마." 한다. 왜 갑자기 그런 소리를 하느냐고 묻자 "늙으면 죽잖아." 하고 말하는 것이었다. 나는 이렇게 대답했다. "낙엽이 썩으면 거름이 되지? 그 거름을 먹고 새 생명이 태어나잖아? 죽음은 끝이 아니고 새로운 시작이야, 중일아."
(백 목사네 아이들. 왼쪽부터 중일이, 고은이, 손님 아이, 지윤이)

을 지켜봤지만 다들 삶에 대한 미련을 쉽게 놓지 못하는 것을 보고 많이 놀랐었다.

우리 어머니만 해도 그렇다. 평생을 가족들을 위해 사시고 남을 위해 사셨는데 아흔이 가까워지면서는 이상한 말씀을 하시는 것이었다. 자식들 키워봤자 다 소용없다고 하시기에 왜 그러시냐고 했더니 사탕 안 사주고 용돈 안 준다고 그러시는 것이었다. 그런 어머니를 보면서 나는 정말 그렇게 살지 말아야지, 절대로 저러면 안 돼 하고 생각했다.

어머니는 아흔여섯에 돌아가셨다. 죽기 전에 딱 일주일을 누워 계셨는데 기력이 서서히 쇠잔해지다 어느 순간 마치 등불이 꺼지듯이 그렇게 가셨다. 다섯 남매가 일주일을 머리맡에 앉아 지키고 있었지만 정작 임종의 순간은 그 누구도 눈치 채지 못할 정도로 편안한 죽음을 맞이하셨다. 돌아가시는 순간까지도 정신은 멀쩡하셨다. 복 받은 죽음이었지만 정작 당신은 죽고 싶지 않으셨는지 나에게 너 목사지, 나 더 살고 싶어, 나 좀 살려줘 하시는 거였다.

충분히 오래 사신 분이 그렇게 이야기하는 걸 보고 정말 놀라지 않을 수 없었다. 돌아가시기 전까지 몇 번을 그러시는 거였다. 목소리가 거의 안 들릴 때까지 발음도 정확하게 하나도 틀리지 않고 그런 말씀을 하시는 거였다.

어머니의 임종을 지켜보면서 가슴이 미어지는 것 같았다. 순수한 분이시니까 하시고 싶은 말씀 다 하신 거고 자식들한테는 마음의 준비를 할 시간을 주시고, 사실 만큼 사신 거고, 호상인데도 마음 한구석이 편치 않았다.

내가 어머니에게 죽음에 대한 훈련을 안 시켰구나 하는 후회가 들었다. 왜 저렇게 이야기할 수밖에 없는지 화도 나고 슬프기도 했다. 죽음에 대한 대비가, 마음의 준비가 얼마나 중요한지 새삼 깨달았다.

그것은 어쩌면 어머니가 마지막으로 주신 특별한 선물일지도 모른다. 죽음에 대해 생각하고 준비할 수 있도록. '그래 지금부터 마음의 준비를 해야겠구나, 죽음에 대한 준비를 할 수 있도록 어머니가 나에게 마지막으로 선물을 주신 거구나.'

내가 아는 어떤 분도 그런 이야기를 한 적이 있다. 생전에 그렇게 훌륭한 삶을 사시고 죽어서도 존경을 받고 있는데 정작 자신은 그분의 말년의 모습을 지켜보면서—삶에 대한 미련을 버리지 못하고 더 살고 싶어 하는 모습을 보면서—실망을 했다는 것이다. 생전에 그렇게 성인처럼 사신 분이 막상 죽음을 앞두고는 죽기 싫어하는 모습이 너무 뜻밖이었다는 것이다.

물론 오래 살고 싶고 죽고 싶지 않은 것은 인간 본연의 모습일지 모른다. 그렇지만 죽음은 끝이 아니라 시작이다. 낙엽이 썩어 거름이 되고 또 다른 모습으로 태어나듯이 자연 속에서 그런 순환을 체험하고 경험하면서 나는 점점 죽음이 끝이 아니라 새로운 시작이라는 확신을 갖게 되었다.

"나는 오늘 죽을 수도 있다."

나는 요즘 죽음과 보다 친숙해지기 위해 이 말을 하며 하루를 시작한다. 생각만으로 그치는 것이 아니라 입을 열어 말을 하다 보면 그 의미가 더욱 각별해지는 것 같다. 말을 통해 환기하다 보니 죽음도 삶의한 방편이며 그것이 남의 것이 아니라 나의 것이라는 사실이 자연스럽게 몸에 배는 것 같다. 하루를 여는 의미가 남달라지고 일분 일초가더없이 소중해진다.

# 예순여덟에 떠난 배낭여행

인도, 티베트 같은 나라를 언젠가 한번 꼭 가보고 싶었다. 삶이 곧 종교고, 종교가 곧 삶인 나라. 수천 년 동안 이어져 온 종교적인 전통 때문이기는 하겠지만 사람들 마음 깊숙이 스며들어 생활 자체가 곧 종교가 돼버린 그들의 삶을 직접 눈으로 보고 싶었다.

생활과 종교가 하나가 되는 것, 그것은 하나님의 의를 교회에서만이 아니라 사회에서도 이루어지게 하는 것이다. 믿음을 가진 사람들이 사회에 나가서도 불의를 없애는 일에 적극적으로 참여해야 한다고 생각해온 나의 믿음과도 통하는 바가 있다고 생각했다.

벼르고 벼르던 일이긴 했지만 그동안에는 따로 시간을 내기가 어려웠다. 현실은 내게 그런 한가한 시간을 허락하지 않았다. 은퇴 후에도 새로운 터전에 자리를 잡는 일에 바쁘다 보니 짬을 내기가 쉽지 않았다.

그렇게 미루고만 있었는데 어느 날 나를 언니처럼 따르는 후배 윤

문자 목사와 의기투합이 되었다. 실상은 그가 언니인 것처럼 늘 나를 잘 챙겨 주었다. 더 늦기 전에 한번 갔다 오자. 언제까지 미루고 있을 일도 아니고 지금이 아니면 영영 기회가 오지 않을 수도 있다. 그렇게 생각하니 더 이상 늦출 일이 아니었다. 이곳 생활도 이제는 어느 정도 안정이 되었기 때문에 큰 부담도 없었다.

그때부터 둘이 마주앉아 궁리를 했다. 어떤 방법으로 갈까. 물론 제일 편한 방법은 여행사를 통한 단체여행이지만 그렇게 되면 보고 듣는 데 한계가 있을 수밖에 없다. 그리고 내가 원하는 것은 유적지를 돌아보고 유명 관광지를 둘러보는 그런 여행은 아니었기 때문에 다른 방법을 찾아보았다. 현지 사정을 잘 아는 가이드를 구해 여행을 하기에는 경비가 너무 많이 들 것 같았다. 생각다 못해 배낭여행을 해보기로 했다. 내 나이가 예순여덟, 후배 목사가 예순셋이었다.

짐을 꾸리는 우리를 보고 주변에서는 혀를 내둘렀다. 젊은 사람들이 하기에도 쉽지 않은데 어떻게 그런 생각을 다 했는지 모르겠다며, 너무 위험하니 정 가고 싶다면 여행사를 통해 가라고 했다. 사실 말이 배낭여행이지 영어 한 마디 제대로 못하는 머리 희끗희끗한 할머니 둘이서 어디 가당키나 한 일인가.

우리는 배짱으로 밀어붙였다. 누가 우리 같은 할머니들에게 시비를 걸 사람도 없을 것이고, 영어가 안 되면 몸짓, 손짓으로 하면 다 될 것 같았다. 그리고 어딜 가나 한국 여행객이 천지인데 그들의 도움을 받으면 못할 것도 없을 것 같았다. 혼자가 아니라 둘이라는 점도 힘이 되었다. 그렇게 해서 한 달 여정으로 우리는 인도행 비행기에 올랐다.

물론 우리에게 해외여행 경험이 전혀 없었던 것은 아니다. 칠팔십 년대만 하더라도 정부의 '요시찰 인물'이었기 때문에 해외 출입이 자유롭지는 못했지만, 나만 해도 교회단체나 여성단체 관련 일을 하면서 행사에 초청을 받아 몇 차례의 해외출입 경험이 있었다.

그런 경우 대부분 혼자서 가게 되는데 영어 한 마디를 못해도 별다른 문제가 없었다. 간혹 난처한 상황에 놓이기도 했지만 그때마다 천사와 같은 사람이 나타나 도와주곤 했다. 이번 여행도 그런 믿음을 가지고 선뜻 나서게 된 것이다.

우리는 인도 북쪽에서부터 시작해 인도 전체를 한 바퀴 도는 그야말로 대장정을 벌였다. 그 넓은 인도 땅을 다 돌다 보니 기차 안에서 보내는 시간이 더 많았다. 너무 많은 걸 보려고 욕심을 내는 바람에 오히려 조금밖에 보지 못한 것이다. 차라리 반 정도만을 보려고 했다면 좀 더 여유 있게 돌아볼 수 있었을 텐데 하는 아쉬움이 남았다.

우리는 주로 3층짜리 기차를 탔는데 머리 위에 또 사람이 있고, 그 위에 또 사람이 있었다. 한 장소에서 다른 장소로 이동하려면 보통 사나흘이 걸리는데, 거기서 먹고 자고 하는 것이다. 인도인들은 잘 때 특이하게 전통 옷인 사리의 한쪽 끝을 풀어 이불로 썼다.

기차에 사람은 또 어찌나 많은지 화장실에 한번 가려면 난리가 아니었다. 그 와중에도 무임승차한 거지들과 승무원들의 숨바꼭질이 계속되고, 기차 내부도 더럽지만 기차 밖은 똥이며 음식물 쓰레기로 가득했다.

중간에 한번 기차가 고장이라도 일으키는 날에는 거기서 몇 시간이고 머물러야 했다. 안내방송 한번 없는데도 신기하게 누구 하나 항의하는 사람이 없었다. 화를 내는 사람들은 대개 한국사람을 포함한 외국사람들뿐이었다.

어디 역전을 잠깐씩 둘러보아도 사방에 거지와 오물 천지여서 발 디딜 틈도 없었다. 그렇게 가난하고 지저분해 보이는 사람들의 눈이 어찌나 선해 보이던지, 경이로웠다.

거리에서나 잠자리에서 만나게 되는 배낭여행 온 젊은 사람들에게 들어보면 지금은 하도 관광객이 많아져 예전 같지는 않지만, 거리에서 구걸하는 사람들은 손을 내민 관광객이 돈을 주지 않아도 싫은 내색을 하거나 화를 내지 않는다고 한다. 오늘은 이 사람하고 인연이 없나 보다 하고 웃으며 지나간다는 것이다. 그들의 평화로운 얼굴과 선한 눈들을 잊지 못해 한번 인도에 다녀간 사람들은 몇 번씩 또 오게 된다고 했다.

몇몇 공동체를 찾아 함께 식사도 하고 그들이 행하는 종교의식이나 행위들을 지켜보기도 했다. 한 사람의 지도에 따라 공동체 전체가 움직이고 생활을 하는 것을 지켜보면서 다시 한번 종교의 힘이 얼마나 큰지를 새삼 느끼게 됐다. 어떻게 한 사람이 그렇게 많은 사람들에게 절대적인 영향을 미칠 수 있는지 놀랍기만 했다. 그들에게는 삶이 종교고 종교가 곧 삶이었다.

살이 3kg 정도나 빠질 정도로 고생은 많이 했지만 인도 배낭여행을 무사히 마친 자신감으로 이듬해에는 네팔과 티베트로 배낭여행을 떠났다. 이렇게 우리가 큰 어려움 없이 무사히 배낭여행을 마칠 수 있었던 것은 많은 사람들의 크고 작은 도움이 있었기 때문이다. 배낭여행을 온 한국 학생들도 그렇고, 기차 안에서 오며가며 만난 관광객들도 적지 않은 힘이 되어 주었다. 그들 대부분은 같은 한국인이었지만, 네팔과 티베트 국경에서 곤경에 처한 우리 일행을 도와준 티베트인 할아버지와 같은 사람도 있었다.

티베트는 개인 여행이 금지된 곳이라 네팔에서 티베트로 넘어갈 때는 다른 일행에 섞여 가이드의 안내를 받았다. 새벽 일찍 시외버스 정류장에서 국경인 잠무로 가는 버스를 탔다. 국경지대는 낭떠러지가 내려다보이는 비포장도로인데 비가 많이 오면 지나갈 수가 없다고 했다. 도착해 보니 밤새 비가 왔는지 길이 보이지 않아 누가 걸어서 길을 인도해주지 않는 한 차로 지날 수가 없었다. 가이드가 내려 물에 잠긴 길을 몇 발짝 걸어보더니 돌아섰다. 히말라야 산맥에서 흘러내리는 눈이 녹은 물이라 너무 차가워 건널 수가 없다는 것이다.

오늘 건너지 않으면 또 하루를 낭비하게 되는데 참 난감했다. 우리 일행이 오도 가도 못하고 난감해하고 있는데 웬 할아버지가 젊은 여자와 함께 우리에게 다가왔다. 여자를 차에 태워주면 자기가 길을 안내하겠다고 했다. 달리 선택의 여지가 없는 우리로서는 무슨 요구할게 있나 보다 하고 생각하면서도 그대로 따를 수밖에 없었다. 다만 젊은 사람도 건너지 못한 차가운 물속을 할아버지가 건널 수 있겠냐고 하니까 우리를 보며 빙그레 미소를 지어 보이더니 성큼성큼 걸어가기 시작했다. 외모는 더럽고 초라하기 짝이 없는데 미소는 너무 평화로워 보였다. 무사히 길을 건넌 우리 일행이 사례를 하려고 하자 그 할아버지는 한사코 사양을 하시며 여자와 함께 멀어져 갔다. 그 뒷모습에서 나는 살아 있는 예수를 보는 것 같았다. 덕분에 우리는 일정에 차질을 빚지 않고 여행을 계속할 수 있었다.

티베트나 네팔은 우리의 기준으로 보면 가난한 나라다. 인도도 빈부의 격차가 큰 나라여서 어딜 가나 구걸하는 사람들을 만나게 된다. 여행을 하며 여기저기 돌아다니다 보면 빈 땅도 보이는데 그러면 같이 간 후배 목사는 저기다 뭘 심어야지 왜 땅을 놀리느냐고 하며 그러니까 가난할 수밖에 없는 것 아니냐고 하지만 나는 그렇게 생각하지 않는다.

그 사람들은 도시로 가면 지옥으로 간다고 생각한다. 우리는 도시로 가면 돈 벌고 출세하러 간다고 생각하는데 그들은 가난 때문에 일자리를 찾아 도시로 나갈 수밖에 없는 딸을 보내며 지옥에 간다고 생각하기 때문에 가슴 아파 한다. 그들에게는 가난하게 살더라도 사람답게 생활하는 게 중요하고 인간의 본래적인 모습으로 돌아가는 것에 가치를 부여하면서 살고 있다. 그런데 우리는 그런 그들을 미개하다거나 게으르다는 말로 비판하고 재단하려 든다. 가난은 불편할지는 몰라도 죄는 아니다.

배낭여행을 하면서 눈으로 마음으로 많은 것들을 느끼고 이해할 수 있었지만 직접 그들의 이야기를 들어 보지 못한 것이 아쉬움으로 남았다. 기회가 된다면 다음에는 좀 더 오래 한곳에 머무는 여행을 하고 싶다.

# 생명의 춤

"나는 앞으로 춤을 추면서 살겠다."

어느 자리에선가 내가 그런 이야기를 했는데 그걸 어디서 들었는지 교단의 원로 목사들이 그 여자는 희한한 이야기만 한다고 했다는 말을 들었다. 아직까지도 춤 하면 무슨 이상한 사교춤 같은 것을 떠올리는 사람들이 많은 것 같다. 물론 내가 이야기하는 춤은 사교춤 같은 것을 이야기하는 게 아니다.

말이나 글에는 한계가 있다. 아무리 말을 잘하고 글을 잘 쓰더라도 하고 싶은 이야기를 다 할 수는 없다. 나는 말이나 글로는 다 설명할 수 없고 표현할 수 없는 이야기들을, 내가 경험을 통해 느끼고 깨달은 것들을 춤이라고 하는 몸의 언어를 통해 이야기해보고 싶었다.

그런 생각을 하게 된 것은 성만찬예식을 퍼포먼스로 치르는 것을 보고 나서다. 교회마다 조금씩 다르긴 하지만 보통 성만찬예식은 목사가 성만찬의 의미를 적은 예식문을 낭독한 다음 준비한 빵이나 포도주를 함께 나누어 먹는다.

그런데 은퇴하기 직전에 미국에서 열린 한 기독교 행사에 초청을 받아 간 적이 있었는데 거기서는 성만찬예식을 하면서 예식문을 낭독하는 게 아니라 퍼포먼스를 통해 표현을 하는 것이었다. 까만 드레스를 입은 수십 명의 목사들이 춤으로, 몸의 언어로 예수의 고난을 표현을 하는데 그 감동은 뭐라 말로 표현하기 힘들 정도였다.

그들은 전문적인 춤꾼도 아니고 춤을 잘 추는 사람들도 아니었다. 그렇지만 그들이 온몸으로 토해 내는 몸짓 하나하나에는 말로는 표현할 수 없는 많은 의미들이 담겨 있었다. 나뿐만 아니라 그 자리에 참석한 모든 사람들이 깊은 감명을 받았다.

사실 말은 그렇게 했지만 한편으로 망설여지기도 했다. 나이도 나이지만 이곳에 올라온 후로 허리디스크 수술도 받았고, 무릎도 좋지 않은데 정말 그런 몸으로도 해낼 수 있을까 싶었다. 고민 끝에 우선 전문가의 조언을 받아 보기로 했다. 그쪽 방면으로는 아는 사람이 별로 없고, 생각나는 사람이라곤 홍신자 씨밖에 없었다. 이름만 알 뿐이지 전에 한번도 만나본 적이 없었다. 전화를 넣었더니 다행히 내 이름 석자를 알고 있었고, 흔쾌히 초대를 해주었다.

그래서 찾아가 이야기를 했더니 잡지 한 권을 보여주는데 거기에는 발레를 하고 있는 노인의 사진이 실려 있었다. 일본 사람인데 체육교사를 하다 은퇴한 후 일흔에 발레를 시작해 세계인에게 감동을 주는 무용수가 되었다는 것이다.

거기서 여러 조언도 듣고 도움이 될 만한 사람도 소개를 받고 나니 자신감이 생겼다. 지금도 그렇게 늦지는 않았다. 내가 하려고 하는 것이 그런 전문적인 무용도 아니고, 다만 춤으로, 몸의 언어로 내 이야기를, 내 생각과 사상을 표현하고 싶은 정도이니 충분히 가능해 보였다.

그후 나는 몇 번의 춤 세라피를 받았다. 춤 세라피는 음악치료나 놀이치료, 미술치료 등과 같이 예술치료 요법 중의 하나인데 자세나 동작이 정해져 있는 게 아니고 음악에 맞춰 마음속에서 우러나는 대로 몸을 자유스럽게 움직이면 된다. 그런 움직임을 다른 사람이 보면 꼭 춤을 추는 것처럼 보인다. 전문가의 지도를 받으며 몇 번인가를 그렇게 하다 보니 가슴이 그렇게 시원할 수가 없었다.

이렇게 춤을 통해서 감춰져 있던 진정한 자기를 볼 수 있고 내재해 있는 자기의 문제점을 알게 되고 또 다른 정신세계를 깨닫게 된다. 몸의 표현을 보는 사람들 역시 말로 이야기를 듣는 것보다 훨씬 진한 감동을 받는다.

사람들에게 춤으로 내 생각과 사상을 잘 전달하기 위해서는 동작이나 기교 같은 것을 좀 더 배울 필요를 느꼈다. 몇 번의 춤 세라피를 통해 내 속에 잠재돼 있던 것들을 표출하는 연습을 해본 결과 약간의 기교가 더해지면 더 효과적일 것 같았다.

그래서 앞으로 우리의 전통무용 같은 것을 배워 기본적인 춤 동작을 익힐 생각이다. 가르쳐 주겠다고 하는 유명한 춤꾼들도 만났다. 춤 발표회를 열 날이 그리 멀지만은 않은 것 같다.

제 2 장　살았던 날들을 위한 기도

인간에게 가장 중요한 것은 삶의 자리를

어디에 세우느냐 하는 문제라고 생각한다.

나는 항상 약한 자들과 소외된 자들의 편에 한 발을 들여놓고 있었고,

그 길을 일관되게 걸으려고 했을 뿐이다.

그것은 내가, 아니 우리가 살아갈 날들을 위한 소망이었고 기도였다.

하나님이 하나님으로만 존재하며 하늘에만 있지 않고

더불어 사는 우리들 속에 있듯이

나는 노동자들을 위한 목사로서 존재하는 것이 아니라

바로 그들과 똑같은 노동자일 뿐이었다.

지금 내가 무이리 산속에서 땅을 일구며

땅의 숨소리를 듣듯, 그때도 그랬다.

빗방울을 갈망하고 한 줄기 자유로운 바람을 갈구하던

어린 나무들과 연약했던 풀들의 간절한 희망과 기도를

나는 가끔 이곳에서 듣는다.

정의를 강물처럼 흐르게 하여라. 서로 위하는 마음 개울같이 넘쳐흐르게 하여라.

# 나는 보았다

— 조화순 목사에게 바치는 시

문익환


제 살과 피로

일 년 내 기르던 이파리들

뚝 뚝 떨어져

뒹구르며 짓밟히며 불려가는 걸

입술을 깨물고

보고만 있어야 하는

길가의 외로운 너 미루나무야


가슴 메어지는 나의 하늘아

핏줄 속을 거꾸로 흐르는 미친 사랑아

살 속 뼈 속에서 스며나오는 피눈물

속으로 삼키다가 삼키다가

미처 못 삼킨 한 방울 눈물

안개처럼 번개처럼

뉘 눈을 스치는 걸

나는 보았다


하늘이 천만 년을 번개로 내리쳐도

금도 안 가던 절벽이

그 순간

와르르 무너지는 걸

나는 보았다

# 삶의 자리를 어디에 둘 것인가

목사가 된 나를 보고 어릴 적 친구들은 믿기지 않는다는 눈길을 보냈다. 공부도 잘하고, 그만큼 놀기도 잘했고, 노래나 춤 같은 데 소질이 많았던 내가, 그렇게 활달하던 내가 어느 날 근엄한(?) 목사가 되어 있는 게 놀라운 모양이었다.

그런데 나는 교회가 아닌 노동 현장을 목회지로 삼으면서 또다시 그들을 놀라게 했다. 어려움을 모르고 자란 내가 어린 여성노동자들과 함께 생활하며 노동조합을 결성하고 회사와 공권력에 맞서다 감옥에 가는 모습을 보며 충격을 받는 이들도 있었다.

그런 내가 또 한번 사람들을 놀라게 했는데 그것은 다름 아닌 홀연히 도시를 떠나 이곳 태기산에 자리를 잡은 일이다. 아직 은퇴할 나이도 되지 않았는데 어느 날 갑자기 목회 현장을 떠나 농사를 짓겠다고 시골로 내려온 나를 보고 고개를 설레설레 흔드는 이들도 없지 않았다.

사람들은 쉽고 편한 길을 마다하고 궂은 곳을 찾아다니는 나를 이해할 수 없다고 하지만 나는 한번도 내 인생을 후회해 본 적이 없다. 나는 인간에게 가장 중요한 것은 삶의 자리를 어디에 세우느냐 하는 문제라고 생각한다. 나는 항상 약한 자들과 소외된 자들의 편에 한 발을 들여놓고 있었고, 그 길을 일관되게 걸으려고 했다. 그것이 내가 노동자들과 함께한 이유이고, 농사를 짓겠다고 시골로 내려온 이유이다.

내가 그런 삶을 살게 된 결정적인 계기가 있다면 그것은 물론 노동자들과의 만남이다. 동일방직에 들어가 노동을 체험하고 어린 여성노동자들의 아픔을 알게 되면서 내 삶은 180도 달라졌다. 물론 내가 그런 삶을 살아야겠다고 어느 한 순간 운명처럼 깨닫게 된 것은 아니다.

독실한 기독교 가정에서 나고 자랐기 때문에 어려서부터 자연히 희생과 봉사의 삶을 꿈꾸며 남들이 하기 싫어하는 일들을 찾아 하는 일이 몸에 배었고, 일제 강점기와 육이오 등 역사의 격변기를 살아오며 가난한 농촌을 위해 〈상록수〉의 주인공 채영신 같은 사람이 되어 가난한 농촌의 등불이 되고도 싶었다. 그렇게 자연스럽게 내 몸 속에 자라고 있던 의식들이 있었기 때문에 남들이 꺼려하던 노동자들과의 험난한 생활도 이겨낼 수 있었던 것 같다. 특히 육이오전쟁 당시 부산에서의 간호사 생활은 나를 구체적으로 변화시킨 일 중의 하나였던 것 같다.

전쟁이 일어난 것은 중학교 4학년 때인데, 어수선한 시국이라 학교도 문을 닫았다. 당시에 나는 인천기독청년회에서 활동을 하고 있었는데 수해가 나면 자원봉사도 나가고 합창단을 조직해서 위문 공연도 많이 다녔다. 인천시에서 알아줄 정도였는데 한번은 시에서 부산에 내려가 군인들을 위해 노래 공연을 해주면 좋겠다는 부탁을 해왔다.

그렇게 해서 여자 열여덟, 남자 열여덟 모두 서른여섯 명이서 '그리운 금강산'의 작곡자인 최영섭 선생을 지휘자로 모시고 배를 타고 부산엘 갔다. 전쟁 중이긴 했지만 어디 소풍이라도 가는 기분이었다. 그런데 부산에 내리자마자 일이 터졌다.

전쟁통이라서 연락이 제대로 닿지 않았는지 부산에서 우리를 기다리고 있는 사람이 아무도 없었다. 그때가 한겨울이었는데 우리는 갑자기 먹을 것도 잘 곳도 없는 신세가 되어 버렸다. 일사후퇴 때라 돌아가기도 힘들었다.

그러다가 최 선생의 수고로 여자들은 한꺼번에 병원의 간호사로 취직이 됐다. 병원이라고 해봐야 전쟁으로 폐쇄된 학교에서 임시로 부상병들을 치료하는 정도였다. 그래서 군복을 입고 팔자에도 없는 간호사 생활을 하게 되었다.

그런데 나만 중환자실에 배치되고 나머지 친구들은 모두 경환자실에 배치가 되었다. 친구들은 저녁 다섯 시만 되면 일이 끝나 기숙사에서 쉬는데 나만 잘못 걸려들어 죽을 고생을 한 것이다. 그때 제일 싫은 것은 사람 썩는 냄새였다. 총알이 관통해서 다리가 터널처럼 된 사람,

고름이 꾸역꾸역 나오는 사람들이 많았는데 그들에게서 나는 썩는 냄새가 견딜 수 없었다.

환자들 고름도 닦아주고 군의관 뒤를 따라다니며 머큐롬이나 주사기를 집어주는 일 등을 하며 이틀인가를 정신없이 보내고 기숙사에 돌아왔는데 나도 모르게 눈물이 났다. 왜 나만 이런 힘든 일을 해야 하는지, 심지어 하나님을 원망하기까지 했다.

그때 한 친구가 내 이야기를 듣더니 "너는 하나님의 특별한 선택을 받은 거니 오히려 고맙다고 해야 해." 하는 것이었다. 그래서 "그게 무슨 소리야?" 하고 반문했다.

"애, 만일 다른 애가 네 자리에 가면 그 일을 할 수 있을 것 같아? 아마 우리는 한 시간도 버티지 못할 거야. 그런데 너는 이틀을 버티지 않았니? 하나님은 너를 인정하신 거야. 그래서 아무도 할 수 없는 일을 너에게 맡기신 거야. 네가 감당할 수 있다고 믿으시는 거지."

그 말을 듣고 느끼는 바가 많았다. 당장 다음 날부터 달라진 내 모습에 스스로 놀랄 정도로 나는 변화되기 시작했다. 전에는 도무지 듣기 싫었던 기상나팔 소리가 이제는 무슨 노래 소리처럼 들렸다. 매사에 적극적으로 임하게 되고 맡겨진 일만 하는 것이 아니라 환자들에게 도움이 될 만한 일들을 찾아서 하게 되었다.

그중의 하나가 못 쓰게 된 담요를 이용해 덧버선을 만든 일이었다. 때가 겨울인데다 학교를 임시로 쓰고 있는 병원이라 난방을 제대로 할 수가 없어 부상병들이 추위에 떨고 있었다. 생각다 못해 창고에 있는 피범벅이 된 담요들을 꺼내 학교 연못의 얼음을 깨고 손을 호호 불어가며 빨래를 했다. 그 담요를 햇볕에 잘 말린 다음 저녁마다 덧버선을 만들었다.

당시에 중환자실 환자가 오륙십 명 정도 되었는데 일을 마치고 돌아올 때마다 한 사람 한 사람의 발을 유심히 봐둔 다음 하루에 대여섯 켤레씩 만들었다. 그렇게 만든 덧버선을 가져다가 한 사람 한 사람 다 신겨 주었다. 그때 환자들의 고마워하고 즐거워하는 모습을 지금노 잊을 수가 없다.

환자들은 나를 간호원이라고 부르지 않았다. 나이는 자기들보다 어렸지만 '간호원 님'이라고 부르며 누나, 엄마같이 생각하며 나를 찾았다. 그들 중에는 나에게 천사 씨라고 부르며 연애편지를 보내는 사람도 있었다. 서울이 수복되고 나서 그곳을 떠나올 때는 정말 눈물겨웠다. 환자들이 돈을 모아 인절미도 사 주고, 만년필도 사 주었다.

그런데 신기하게도 1978년도인가, 내가 부산에 있는 안기부에 잡혀 갔었는데 그곳 수사관들이 그때의 일을 알고 있었다. 그러면서 "목사님, 어릴 때는 좋은 일도 많이 하시고 그랬는데 왜 정부에 대해 그런 일을 하십니까?" 하는 것이었다.

어쨌든 그 이후 '어려운 사람들을 위해 더 열심히 살아야 한다.'는 생각이 더 강해진 것 같다.

# 운명을 바꾼 만남

나는 역사의식이나 사회의식이 강한 사람은 아니었다. 4.19혁명을 보면서도 하라는 공부는 안 하고 왜 저렇게 난리들일까 하는 생각밖에 못 했었다. 혁명이 일어난 것은 내가 신학대학에 다니고 있을 때인데 한번은 버스에서 사람들이 교회에 불을 지르러 가자고 하는 말을 듣고는 큰 충격을 받았다. 교회가 무슨 잘못이 있다고 그러는지 이해가 안 돼 그들의 말에 귀를 기울이다 보니 이승만 대통령이 교회의 장로라서 그런다는 것이었다. 그때는 그들이 미쳤다는 생각을 했다.

가난한 농민들을 보면서도 그들이 술과 노름에 빠져 있기 때문에 가난한 것이라고만 생각했다. 그들을 하나님의 품으로 인도하기만 하면 모든 문제가 다 풀릴 줄 알았다. 그런 사명감을 가지고 목사가 되기로 했기 때문에 신학교를 졸업하고 처음 파송된 곳이 유배지와 같은 덕적도였지만 크게 개의치 않았다.

덕적도는 지금은 인천에서 3시간 정도 걸리는 섬인데 당시만 해도

7시간이나 걸렸다. 나는 거기서 능동과 북리 두 군데 교회를 맡게 되었다. 능동에 있는 교회는 교인이 어느 정도 되었지만 북리에 있는 교회는 교인이 하나도 없어서 폐가나 다름없었다. 북리에는 육이오 때 북에서 피난 온 뱃사람들이 정착해 살고 있었는데 화장실도 없는 궤짝 같은 움집들뿐이었다.

한번은 밤에 해변을 지나는데 웬 여자들이 치마로 얼굴만 가리고 앉아 있기에 무얼 하나 했더니 대변을 보고 있는 것이었다. 상황이 그렇다 보니 폐가가 된 교회가 자연스럽게 공동화장실처럼 돼버린 것이다.

처음 부임해 가서 여기저기 널려 있는 똥을 치우고 있자니 꼭 〈상록수〉의 채영신이 된 기분이었다. 마을 사람들은 교회에 나가면 무슨 큰일이라도 생기는 줄 알고 나를 피했다. 어떤 사람들은 교회에 찾아와 소리도 지르고, 고무신도 던지고 심지어 죽은 까마귀까지 던지는 등 소란을 피웠다.

첫 부임 설교는 한 사람을 놓고 했다. 그것도 군대에 갔다가 정신이 좀 이상해진 사람이었다. 막막했지만 포기할 수는 없었다. '바로 이 한 사람을 위해 예수님이 죽었다.'는 생각을 하며 힘을 냈다.

자매결연을 맺은 인천 내리교회에 가서 어려움을 호소했더니 교인들이 헌금을 모금해서 도와줬다. 그 돈으로 오르간도 사고 시멘트도 샀다. 동네 사람들에게는 도구도 빌릴 수 없어 이웃 교회 청년들과 아이들의 도움을 받아 가며 교회를 수리해 나갔다.

종각을 수리할 때는 누가 올라가겠다는 사람이 없어서 결국 내가 올라갔다. 스물아홉 처녀가 종탑에 올라갔다고 동네 사람들이 우르르 구경을 나오기도 했다.

그렇게 교회 수리도 하고, 시간이 날 때마다 작업복에 밀짚모자를 쓰고 마을 사람들을 찾아가 같이 밭도 매고, 모도 심으며 이야기를 나눴다. 청년들과도 만나 이 섬마을이 왜 못 사는지, 잘살려면 어떻게 해야 되는지 그런 이야기를 많이 나누었다. 원래 농촌계몽운동에 뜻이 있었던 데다 교회는 그 마을, 그 지역을 위해 존재해야 한다고 생각했기 때문에 그런 일들을 즐겁게 할 수 있었다.

그런데 하루는 어떻게 듣고 왔는지 면장이 찾아와서는 이 지역을 위해 재건청년운동을 해달라고 부탁하는 것이었다. 그래서 면장은 사람들을 모아주고 나는 그들과 함께 야학도 하고 요리강습이나 강연도 했다. 그러자 차츰 섬마을 사람들이 나와 교회를 달리 보기 시작했다. 교회를 찾는 사람들이 하나둘 늘어갔다.

그렇지만 덕적도에서의 생활은 오래 지속되지 못했고 나는 두 번째 파송지인 시흥시의 달월교회로 옮겨가게 되었다. 지금은 교인들의 초빙제로 바뀌었지만 그때만 해도 감리교회는 파송제였기 때문에 위에서 결정이 되면 싫더라도 교회를 옮겨가야 했다.

달월교회도 사정은 크게 다르지 않아 교인도 20여 명에 불과했다. 그렇지만 덕적도에서의 경험도 있고, 원래 농촌 목회가 꿈이었기 때문에 나는 들로 산으로 심방을 다니며 열심이었다. 그렇게 한참 목회에 열중하고 있던 어느 날 어떤 외국인이 나를 찾아왔다. 조지 오글(한국명 오명걸) 목사였다. 함께 온 조승혁 목사가 산업선교회에서 함께 일하자고 했다. 인천 지역에는 여자 노동자의 비중이 큰데 여자 목회자가 없어 어려움을 겪고 있다며 도와달라고 했다.

산업선교란 말이 있는지조차 몰랐기 때문에 나에게는 그들의 방문이 하나도 달갑지 않았다. 농촌교회인지라 논으로 밭으로 사람들을 찾아다니며 심방을 하고 청년들과도 많은 이야기를 나누며 목회에 열정을 쏟고 있던 때였다. 신도도 늘고 있었고 교회도 안정적으로 운영되고 있었기 때문에 함께 산업선교를 하자는 그들의 제안이 귀에 들어오지 않았다.

무슨 '기관'에 들어간다는 것도 썩 내키지 않았다. 대우도 농촌교회보다는 훨씬 나았지만 그런 곳은 관료적인 냄새도 많이 나고 해서 왠지 내 자리가 아닌 것만 같았다.

싫다고 하는 나에게 그들은 사흘을 끈질기게 설득했다. 그들의 진지함에 차츰 마음이 움직였고, 편하고 좋은 자리가 아니라 아무도 하려고 하지 않는 일이라는 말에 더 이상 거절할 수가 없었다. 산업선교를 하려면 노동자들과 똑같이 일을 해야 되기 때문에 선뜻 나서는 사람이 없다고 했다.

나에게는 '남이 하기 싫어하는 것은 내가 해야 한다. 그게 최소한

감리교의 도시산업선교회는 노동자 개인의 전도에 목적을 두기 보다 노동자의 입장에서 부조리하고 정당하지 못한 것에 대한 하나님의 정의를 바로 잡기 위한, 그당시 진정한 의미의 산업선교라고 할 수 있었다.

1961년에 미국감리교단에서 도시산업선교 전문가인 조지 오글 목사를 한국에 선교사로 파견하면서 한국감리교의 산업선교가 시작되었다. 초가집에 '기독교도시산업선교회' 라는 간판이 걸려 있었는데 외국인들은 한국 전통가옥에 자리한 산업선교회를 멋지다고 하였지만 정작 한국인들은 초라하다고 말하였다.

의 신앙인의 도리다.' 라는 생각이 자리잡고 있었기 때문이다. 그래서 그곳이 구체적으로 뭘 하는 곳인지도 모른 채 가게 된 것이다.

막상 내가 승낙을 하자 생각지도 못했던 곳에서 문제가 생겨 버렸다. 내가 떠난다고 하자 교인들 중에서 "목사님이 떠나시면 이제 교회 안 다닐래요." 하는 사람들이 많았다. 그런 말들을 들으며 한편으론 내가 여기서 열심히 했구나 하는 생각이 들어 흐뭇하기도 했지만 한편으론 내가 목회 활동을 크게 잘못했구나 하는 생각이 들었다. 그래서 설교 때 이렇게 이야기했다.

"참으로 부끄럽습니다. 내가 가고 안 가고가 중요한 것이 아닙니다. 지금까지 내가 소개하고 여러분에게 전한 건 예수의 은총이고 사랑이었지 이 조화순이가 아니지 않습니까? 그런데 여러분 가운데 내가 가면 교회에 그만 다닌다는 말씀을 하시는 분이 있는 것 같습니다. 그렇다면 나는 헛살았고, 헛전도한 것입니다. 제발 저를 부끄러운 인간으로 만들지 말아 주십시오."

집에서도 반대가 심했다. 어머니와 아버지는 내가 공장에 노동하러 들어간다는 말을 듣고 걱정을 많이 하셨다. 그렇지만 뜻을 꺾을 순 없었다.

내 나이 서른넷. 그렇게 해서 정든 달월교회를 뒤로하고 새로운 길에 들어서게 되었다. 그 길에서 만나게 될 숱한 역경들을 미리 알았더라도 내가 그 길을 선택할 수 있었을지는 솔직히 장담할 수 없다.

# 무명 작업복을 입고 흘린 눈물

산업선교회에서는 실무자들에게 공장에 들어가 직접 노동을 경험하게 하였다. 남자는 1년, 여자는 6개월 동안. 노동을 통해서 노동자들의 생활과 정서 같은 것을 이해하라는 뜻도 있지만 사실은 목사에서 노동자로 다시 태어나라는 의미가 더 컸다.

머릿속으로만 알고 있는 것과 몸으로 체험하면서 느끼는 것과는 큰 차이가 있다. 그 차이는 바로 행동으로 나타난다. 머리로만 알고 있는 사람들은 쉽게 행동에 옮기지 못하지만 체험을 통해 느낀 사람들은 곧바로 행동에 옮긴다. 나의 경우도 실제 노동을 통해 노동자들의 현실을 체험했기에 그들을 더 잘 이해하게 되고, 그들과 함께할 수 있었던 것 같다.

산업선교회 사무실에서 한 달 간의 기본 교육을 받은 나는 1966년 11월 1일 인천시 동구 만석동에 있는 동일방직주식회사 인천공장에서 노동을 시작하게 되었다. 그것이 18년간의 산업선교 활동의 시작이었다.

공장에서는 한 사람만이 내가 목사라는 걸 알고 있었다. 처음 공장으로 가는 나에게 오글 목사는 "훈련받으러 들어가는 것이므로 노동을 경험하고 배운다는 생각을 해야 한다."고 충고했다. 목사로서 전도하러 가는 것이라는 '건방진' 생각을 하지 말아야 한다는 것이었다.

노동자에게 배운다는 생각만 하고 열심히 일을 하라는 말에 겉으로는 "알겠습니다." 하고 순종하는 척했지만 내심 나는 목사는 언제 어느 곳이든 전도하는 게 사명이라고 생각하고 있었다. 그래서 들어가면 어떻게든 전도를 해야겠다는 생각으로 첫 출근을 했다.

처음 동일방직에 찾아갔을 때 나는 두 시간 동안 사무실에 내팽개쳐져 있었다. 그것이 '잠깐만 앉아 있어라' 하는 말의 의미였다. 어떤 여자가 거의 두 시간을 그냥 앉아 있는데도 상관하지 않고 내버려두는 것이었다. 무시당하고 있다는 생각에 감당하기 힘들 정도로 화가 났지만 꾹 참고 있었다.

그렇게 두 시간을 기다리니 점심시간이 다 되었다. 나를 잊어버린 채 점심을 먹으러 가는 그들에게 "과장님, 저는 어떻게 하는 것입니까?" 하고 물었다. 그제서야 과장이란 사람이 한 직원에게 이렇게 말했다. "이 여자 작업복 입혀서 식당으로 데려다 줘. 오늘부터 거기서 일하게 됐다고 주방반장에게 얘기해."

나를 데리고 간 직원은 창고에서 무명으로 된 허름한 작업복을 하나 던져 주었다. 무명으로 된 모자와 함께. 작업복을 입고 모자를 쓰고 거울을 보았는데 거기에는 다른 사람이 있었다. 체격도 왜소한데 작업복마저 허름한 게 그렇게 초라할 수가 없었다. 버림받았다는 느낌을 지울 수가 없었다. 일순간 목사라는 위치에서 노동자로 그렇게 변해버린 것이다.

처음 배치를 받은 곳은 식당이었다. 직원은 "이 여자 여기서 처음 일하게 되었으니 서로 잘하라."고 날 소개하고는 가버렸다. 식당에서는 원호대상자인 아주머니들이 있었다. 대개는 과부들이었다. 내가 당시에 서른네 살이었는데 거의 나와 비슷한 또래의 아줌마들이었다.

내가 우물쭈물하며 어쩔 줄 몰라 하자 한 아줌마가 소리를 빽 질렀다. "야, 이리 와서 이거 설거지 해!" 처음 대하는 사람에게 어떻게 이럴 수 있는지 이해가 안 됐다. 한 번도 그런 식으로 명령을 받아본 적이나 무시당해 본 경험이 없던 나는 놀라지 않을 수 없었다.

아무 말도 못하고 설거지를 하고 있는데 여기저기서 "야, 왜 거기서만 하니. 이리 와서 이것도 해." 하는 것이었다. 그렇게 이리 왔다 저리 갔다 3주일을 설거지를 하며 보냈다. 다른 노동자들과 마찬가지로 시키면 시키는 대로 해야 되는 것이 내가 새로 부닥치게 된 엄연한 현실이었다.

생각보다 노동은 더 힘들었다. 내가 감당해야 할 작업량은 내 기력과 인내심이 견뎌낼 수 있는 한계치를 넘어섰다. 집에 돌아오면 몸은 마치 물에 젖은 솜 같았다. 너무 힘들어 예배에 참석하지 못할 때도 있었다. 안수까지 받은 목사가 예배도 참석하지 않다니! 죄책감이 엄습해 왔지만 나는 궁색한 변명을 하지 않을 수 없었다.

그렇지만 그것은 아무것도 아니었다. 허리가 끊어지는 것 같고, 다리가 팅팅 부어오르는 육체적 고통은 내가 받은 모욕감과 수치심에 비하면 정말 아무것도 아니었다. 한번도 나는 그런 대접을 받아본 적이 없었다.

어려서도 그랬고, 교사시절에도 그랬다. 목회를 할 때는 더욱 떠받듦을 받는 데 익숙해 있었다. 심방이라도 나가면 목사님 오셨다고 기뻐하면서 방석을 가져다 아랫목에 놓고 앉으시라고 하는 교인들이 그리웠다. 이게 무슨 생고생인가 하는 생각에 눈물이 핑 돌았다. 그렇지만 겸손하게 무조건 순종하라던 오글 목사의 말을 되새기며 참았다.

그 다음에 배치받은 곳은 한 부서의 공정 마지막 작업인 정포를 하는 곳이었다. 그 부서에서는 칠팔십 명쯤 일을 하고 있었는데 대부분 열여덟에서 스물셋쯤 되는 아가씨들이었다. 거기서 내가 하는 일은 광목천에 쌍올이 끼어 있나 살피고 족집게로 뽑아내는 작업이었다. 별다른 기술이 필요 없는 일이었다.

나는 좋은 인상을 주기 위해 웃으면서 먼저 말을 걸기도 하고 이것저것 묻기도 했다. 그런데 갑자기 호루라기 소리가 들렸다. 돌아보니 반장이 호통을 치는 것이었다. "저 여자 오늘 처음 왔는데 왜 이렇게

"조화순 목사가 너무 과격하다." 정부관계자나 기업주는 물론 다른 교단의 산업선
교 관계자까지 나를 두고 그런 비난을 하였다. 여공들에게 똥물을 뒤집어씌우고 항
의하는 여공들의 머리채를 개 끌듯이 끌고가는 그 참혹한 현장을 그들에게 보았는
지 묻고 싶었다. 우리가 한 건 기껏해야 성명서 내고 기도회 열고 단식 농성하고 잡
혀가고 한 것 뿐이었다. "나는 예수만큼 과격하지 못했다. 그래서 예수는 십자가에
처형당했지만 나는 살아남았다……"

(도시산업선교회원이면서 동일방직 노동조합원들. 왼쪽에서 세 번째가 조화순 목사)

말이 많아!"

어찌나 망신스럽던지 미칠 지경이었다. 그럭저럭 오전시간을 보내고 오후 작업이 시작되었는데 또 호루라기 소리가 들리는 것이었다. 설마 나는 아니겠지 했는데 작업반장이 내게 다가와서는 어깻죽지를 흔들며 "근무태도가 틀려먹었어!" 하며 소리를 질렀다. 똑바로 서서 일을 해야 하는데 나도 모르는 사이에 작업대에 한쪽 다리를 붙이고 약간 비스듬한 자세로 일을 하고 있었던 것이다. 그것이 그렇게 눈에 거슬렸던 것이다.

좋은 말로 타이를 수도 있는데 왜 그렇게 소리를 지르는지 이해가 되지 않았다. 식당에서야 그래도 나이나 비슷한 사람들이기에 어찌어찌 참을 수 있었지만 한참이나 어린 여성노동자들 앞에서 그런 모욕을 받자 견디기 힘들었다. 억울하고 분해서 저절로 눈물이 나 참 많이 울었다.

그런데 아무리 울어도 분이 풀리지 않았다. 내가 왜 이런 취급을 받으며 이런 곳에 있어야 하나. 억울하고 죽이고 싶을 만큼 증오심이 타올랐다. 그때 문득 나도 모르게 네가 목사냐 하는 생각이 들었다. 목사라고 하면서 사람들을 이렇게 미워하다니, 그러고도 목사라고 할 수 있니. 예수님께서는 온갖 모욕을 받으셨지만 사랑으로 다 용서하지 않으셨던가.

그제야 당신은 훈련받으러 들어가는 것이다, 배우러 들어가는 것이지 가르치려고 들어가는 것이 아니라던 오글 목사의 말이 이해가 되었다. 예수가 이 땅에 성육신으로 오신 의미를 알 수 있을 것 같았다.

그렇게 생각하자 마음이 홀가분해졌다. 처음에는 억울하고 분해서 흘린 눈물이 나중에는 참회의 눈물로 바뀌었다. 그것은 계시였고, 깨달음이었다. 모욕과 수치를 통해 나는 진정으로 낮은 곳에 임하시는 예수를 만난 것이었다.

그러면서 그동안 살아온 내 삶을 되돌아보게 되었다. 전쟁 이후에 경제적으로 어려움을 겪긴 했지만 대체로 유복한 환경에서 자라며 대접받는 생활에 익숙해진 것이며, 미숙하기 그지없던 신앙이며, 모든 것을 반성하게 되었다. 노동현장에서 받은 모욕이 나를 변화시킨 것이었다. 다음 날부터 나는 회개하는 마음으로 일을 했다. 그러자 모든 게 다르게 보이기 시작했다.

먼저, 진정으로 노동자들을 이해하려고 노력했다. 처음에는 사소한 일에도 서로 머리카락을 움켜쥐고 싸우는 그들이 한심해 보였지만 차츰 연민과 애정으로 바뀌었다. 동생들을 가르치기 위해 악착같이 돈을 벌려고 하는 그들을 이해하게 되었고, 자신은 제대로 먹지 못하면서도 매달 쥐꼬리만 한 월급을 쪼개 시골집에 보내야 하는 그들의 심정을 이해하게 되었다. 그렇기 때문에 열악한 작업환경에서도 쫓겨나지 않기 위해 불평불만 한마디 못하고 일을 해야만 하는 그들의 고충을 이해하게 되었다.

# 공순이가 어떻게 서울대 출신으로 변했는가

6개월 동안의 노동자로서의 경험은 나에겐 정말 중요한 것이었다. 모욕을 당한 충격적인 경험이 변화의 계기가 되어 새로운 눈으로 현장을 보게 된 후 나는 줄곧 전도해야겠다는 생각이 아니라 노동을 통해 배운다는 생각으로 열심히 일을 했다. 노동을 몸소 체험하면서 노동자들의 문제를 직접 피부로 느끼게 되었고, 몸으로 부딪치며 노동자들의 세계를 이해하고 노동자의 입장에서 생각하고 판단하게 되면서 진정으로 그들과 이야기를 나눌 수 있게 되었다.

무엇보다 산업전도에 대한 인식이 바뀌게 되었다. 단순히 그들을 교회로 인도하는 것만이 전부가 아니라는 것을 깨닫게 되었다. 노동자 개개인을 교회로 인도하는 것만으로는 그들이 현장에서 겪고 있는 여러 가지 고통을 덜어줄 수가 없으며 이러한 현실적인 문제들을 외면하고서는 진정한 구원이 아니라는 생각을 하게 되었다.

산업선교회에서 나는 주로 여성노동자들을 위한 프로그램을 맡아

진행하였는데 나중에는 내가 맡은 그룹이 삼십여 개에 달했다. 처음에는 모임에서 성경공부, 뜨개질, 꽃꽂이 같은 것들을 하며 잡다한 얘기를 많이 했다. 그렇게 얘기를 나누다 보니 자연스럽게 현장 이야기가 나왔다. 대부분 회사에 대한 불만이었다. 작업조건이 나쁘다는 둥, 관리자들이 마음에 들지 않는다는 둥 그런 얘기들을 잡담처럼 나누었다.

틈틈이 노동자들의 가정을 방문해 그들이 사는 모습을 살펴보기도 했다. 그런데 가는 곳마다 약병들이 쌓여 있는 것이었다. 그래서 한 달에 일이십 명씩 무료진료를 받을 수 있도록 주선했지만 턱없이 부족했다. 답답한 마음에 좀 잘 먹으면 건강하지 않겠느냐고 이야기를 했더니 먹을 것이 없다는 것이었다. 알고 보니 월급도 쥐꼬리만 한데다가 그 월급을 받으면 대부분 고향집으로 부쳤다.

그들이 제일 잘 먹는 날은 김치를 먹는 날이었다. 거기가 인천이라 허구한 날 새우젓만 놓고 먹든지 아니면 맛나니 간장에 비벼 먹고 사는 거였다. 그것뿐 아니라 3교대로 일을 하니 새벽 5시에 일어나 6시까지 출근하고 2시에 퇴근하여 3시에 점심을 먹는 식으로 생활을 하니 몸이 망가지고 병들 수밖에 없었다. 위장병을 갖고 있지 않은 사람이 없었다.

어떻게 하면 너희가 병들지 않고 살 수 있겠느냐 물었더니 월급만 많으면 되죠 했다. 그러면 올려 달라고 하면 되지 않느냐고 했더니 말도 안 된다, 불가능하다고 했다.

모임이 거듭되면서 우리는 차츰 불평불만을 이야기로만 할 것이 아니라 해결할 수 있는 방법을 찾아보기로 했다. 지금까지 노동하면서 겪은 일들을 함께 이야기하면서 무엇이 잘못되고, 왜 제대로 대접을 받지 못하는지, 그것이 얼마나 잘못된 일인지, 또 그것을 해결하는 방법은 무엇인지를 이야기하다 보니 자연스럽게 노동조합 이야기도 나오고 근로기준법에 대한 이야기도 나왔다.

사실 나도 노동조합이나 근로기준법 같은 것에 대해서는 잘 모르고 있었기 때문에 교수나 노동문제 전문가들을 초빙해 함께 공부하고 배울 수 있는 자리를 만들어 나갔다. 그 과정에서 하나둘 의식이 변화되고 발전하면서 배운 것을 행동으로 옮기기 시작했다. 처음에는 혼자서 항의하던 그들이 여럿이 힘을 뭉치면 힘이 더 커진다는 것을 깨닫기 시작했다. 그러다 직접 노동조합에 참여해 자신들의 손으로 노동조합을 이끌어 나갔다. 그렇게 해서 탄생한 것이 최초의 여성지부장과 여성으로만 구성된 노동조합 집행부였다. 내가 산업선교회에 몸담은 지 6년 만인 1972년의 일이었다.

'공순이가 어떻게 서울대 출신으로 변했는가.' 이것은 동일방직 대의원대회에서 최초로 여성지부장이 탄생하고 여성으로만 집행부가 구성되자 깜짝 놀란 경찰과 안기부에서 한 말이다. 초등학교도 제대로 못 나온 '공순이'들이 어떻게 하루아침에 똑똑해졌는지 이해할 수가 없다는 말이었다. 동일방직 노동조합은 일제시대부터 있었을 정도로 역사가 깊은데 노조 집행부가 여성으로 싹 바뀐 것이다. 당시에는 가히 혁명적인(?) 일이었다. 언론에서도 대서특필이 되고 정부에도 비상이 걸렸다.

동일방직은 당시 직원이 1,300여 명에 달하는 큰 회사였다. 노동조합이 있기는 했지만 많은 조합원들이 지부장의 얼굴도 모르고 있었다. 심지어 매달 월급에서 조합비가 빠져 나간다는 사실을 모르는 사람들도 있었다. 노조도 직원들의 복지 문제 같은 데는 관심이 없는 어용노조였다.

그래서 나는 직원의 80%에 달하는 여성들이 노조에 관심을 갖게 하면 어떨까 생각했다. 특히 여성들이 노조의 집행부를 맡게 되면 여성 특유의 부드러움 때문에 회사와의 일상적인 관계가 원만해질 거라고 생각했다. 여성 노동자들은 남자보다 월등히 수가 많으면서도 차별을 받고 있었기 때문에 여권신장을 위해서도 필요한 일이라고 생각해 여성 노동자들의 활동을 격려하고 뒷받침해 주었다.

노동자들이 대단한 것은 문제의식을 느끼고, 의식이 성숙해지면 실제로 행동에 옮긴다는 것이다. 그들은 배운 만큼 행동하고, 행동하면서 성숙해진다는 것이 무엇인지 몸소 보여주었다. 처음에는 노동조합이 있는 줄도 모르고, 노동조합이 무슨 일을 하는 곳인 줄도 모르던 여성노동자들이 산업선교회 모임을 통해 문제의식을 자각하기 시작한 후 노동조합에 적극적으로 참여하기 시작했다.

그 과정에서 나는 그들이 자기들의 문제를 스스로 생각할 수 있도록 자극을 주고, 그들의 활동을 격려할 뿐이었지 그들에게 이렇게 하라 저렇게 하라는 식으로 말하지 않았다. 스스로 찾아나가게 했다. 나도 어떻게 해야 되는지 구체적인 방법은 몰랐다. 다만 여성 노동자 스스로 자기의 문제를 느끼고 스스로 해결해 나갈 수 있도록 하는 것이 중요하다고 생각했다. 지시하고 길들이는 것이 아니라 스스로 생각하고, 스스로 서고, 말하고, 결단하고, 책임지는 것이 진정으로 한 사람이 거듭나고 변화되는 것이라고 생각했다.

# 여자이기 때문이라니

　요즘에는 여성들이 많은 단체나 기관의 장으로 활발히 활동하고 있는 것을 볼 수 있다. 그만큼 여성들이 능력을 인정받고 있다는 증거다. 아직도 우리 사회에는 뿌리 깊은 남아선호사상이나 여성 차별이 남아 있긴 하지만 과거에 비하면 많이 개선되고 있는 추세에 있는 것만은 분명하다.

　6, 70년대에는 여자가 어떤 단체의 일을 총괄하는 직분을 갖는다는 것이 흔한 일이 아니었다. 그러다 보니 내가 산업선교회의 총무가 된 것도 하나의 사건이었다. 산업선교회에 들어간 지 칠 년 만의 일이었다. 그때 총무 이취임식 자리에서 나는 이런 인사를 했다.

　"만일 제가 총무 일을 하다가 실수하거나 잘못을 저지르게 되더라도 '여자'이기 때문이라고 하지 마십시오. 그것은 나 개인 조화순의 능력 여하에 따라서 모든 일이 평가되어야 하기 때문입니다. '거 봐라, 여자가 무슨 총무냐, 해봐야 별 수 있나.' 하는 식의 평가는 하지 않았으면 좋겠습니다."

내가 어떻게 여성으로서의 자각과 독립심을 갖게 되었는지 궁금해하는 사람이 많은 것 같다. 지금 와서 생각해보면 어릴 적부터 경쟁심이 강했던 것 같다. 차별이라고 표현할 만한 것인지는 모르겠지만 깡마른 데다 아버지를 닮아 피부가 까무잡잡한 나를 사촌 오빠들은 '쌍통'이라고 하며 그 얼굴 가지고는 시집 못 간다고 놀려 댔다. 그런 놀림을 받고 자라서인지 남자들에게는 유독 지기 싫어했고 어떻게 해서든 이기려고 했던 것 같다. 학창시절에도 어쩌다 남자들과 토론이라도 붙으면 지지 않으려고 끝까지 물고 늘어졌다.

그렇게 지기 싫어하는 성격인 데다가 산업선교회에서 활동하기 시작한 이후 달라진 환경이 나를 자연스럽게 교육시킨 것 같다. 같이 활동하던 선배 목사들은 항상 이렇게 말했다.

"대들어라, 네가 못 싸우면 본이 안 된다. 여성 노동자의 권리를 찾기 위해서는 싸워야 한다. 이것이 너의 역할이다."

그런데 나를 그렇게 가르친 사람들을 향해 내 권리를 주장할 일이 생길 줄은 꿈에도 생각지 못했다. 참 아이러니가 아닐 수 없다. 산업선교회에 들어온 지 2년쯤 됐을 때 잠깐 회계 일을 맡은 적이 있었다. 회계 노릇을 하다 보니 다른 사람의 인건비를 다 알게 되었다. 그런데 그 일로 뜻밖의 고민에 빠지게 되었다. 그때 나는 매달 8,000원을 받고 있었는데 내 인건비가 가장 적은 것이었다. 돈이라는 게 사람을 얼마나 묘하고 치사하게 만드는지 새삼 느꼈다. 다른 사람과 의논하기도 곤란하고, 그렇다고 가만히 있자니 자존심도 상하고 기분도 나빴다.

생각다 못해 친구에게 고민을 이야기했더니 그 친구는 이해할 수 없다는 반응을 보였다. "고민만 하고 있으면 뭐 하니? 어떻게 해서라도 바꿔야지."

그 말이 맞기는 하지만 그래도 목사인데 자기의 월급이 적다고 이야기하는 게 쉽지는 않았다. 그래서 이번에는 교회 장로인 형부에게 의논했다. 형부는 내 말을 듣더니 한참을 기도한 후에 이렇게 말했다. "정 고민이 된다면 일단 이야기해보는 것이 좋겠어. 그렇게 고민하며 마음이 불편한 상태에서 일을 하는 것은 안 좋은 거 같아."

드디어 용기를 내서 이야기를 했다. 그런데 내 인건비가 적은 이유가 '여자'이기 때문이라는 것이었다. 참 기가 막혔다. 여성 노동자들의 임금투쟁을 돕는다는 사람들이, 그리고 여태까지 나에게 교육을 시켰던 사람들이 어떻게 그런 생각을 할 수 있냐고 했다. 그랬더니 "그러면 미국에 가세요. 미국은 남녀평등이라고 생각할지 모르지만 거기도 마찬가지예요. 차별도 심하고 인건비도 여자가 더 적어요. 그래도 좋다면 거기라도 가서 살아 보세요." 하는 것이었다.

하도 기가 막혀서 말문이 막혔다. 그리고 또 평계 대기를 인건비는 이사회에서 결정하니까 거기서 문제를 거론하라는 것이었다. 필요하면 자기가 이사회를 소집하겠다고 하기에 그러라고 했다. 그렇게 해서 소집된 이사회에는 목사 9명, 장로 9명해서 18명 전원이 참석했다. 다른 안건들을 다 처리한 후 나에게 발언권이 주어졌다.

"남자도 마찬가지겠으나 특히 여자가 목사가 되려고 할 때에는 정말 '돈' 같은 건 안중에도 없습니다. 다만 희생하고 봉사하기 위함이 었습니다. …… 인건비가 적은 게 문제가 아니라 문제는 '차별'입니다. 내가 산업선교회에 들어오기 전이라면 눈감고 넘어갈 수도 있었 겠지만, 지금은 이 차별을 그냥 받아들일 수 없습니다. 왜냐하면 이곳에서 나를 그렇게 훈련시켰기 때문입니다."

그렇게 말하며 다른 목사들과 내 인건비를 비교해서 보여줬다. 내가 받고 있는 것은 절반도 안 되었다. 내 말을 듣고 있던 어떤 장로는 한심하다는 듯이 말했다. "말세야, 말세. 목사가 자기 월급 적다고 불평을 하니 원……."

나는 당황했다. 다른 사람들의 표정을 살펴보니 그래도 고개를 끄덕이며 내 말에 수긍을 하는 사람들이 있었다. 그래서 용기를 내서 내 입장을 다 이야기했다.

"난 정말 부끄럽지 않습니다. 내가 돈이 탐나서 하는 말이 아니기 때문입니다. 마음속에는 '차별'이라고 생각하면서 겉으로는 아무렇지도 않은 척 일한다는 것이 진짜 부끄러운 일이라 생각했습니다. 난 그것을 용납할 수 없습니다. 이제 당신들이 내 월급을 올리든 말든 상관하지 않겠습니다. 그러나 나는 내 자신과의 싸움에서 이겼습니다."

그들을 통해 변화된 사람의 아름다움을 볼 수 있었다. 얼굴 표정이 바뀌고 옷매무새
까지도 달라졌다. 노동의 의미를 새롭게 발견하고, 굴레를 벗고서 창조적인 일에 자
신의 열정을 쏟아 붓는 그 변화의 과정이 그들을 아름답게 했다. 아무 옷이나 걸쳐도
이제는 당당하고, 누구에게 아부하거나 과장할 필요도 없다는 자신감이 넘쳐흘렀다.
(동일방직 노동조합원. 왼쪽에서 두 번째가 조화순 목사)

가슴속에 있던 말을 다 하고 나니 그렇게 속이 후련할 수가 없었다. 결과적으로는 월급이 1,000원이 올랐다. 많은 액수는 아니었다. 그래서 얼마나 웃었는지 모른다. 그렇지만 내가 중요하게 생각하는 것은 내 소신을 이야기했다는 것, 내 자신의 보수성을 스스로 극복해 냈다는 것이 대견하고 신기하고 자랑스럽기까지 했다. 이런 과정을 통해 나의 의식이 더욱 성숙되었던 것 같다.

그리고 여성 노동자들과 함께 생활하면서 그들이 받는 차별이 같은 여자로서 남의 일로 여겨지지가 않고 나에게도 너무 절실한 문제로 다가오곤 했다. 그중에서도 제일 가슴 아팠던 것은 나이 어린 여성 노동자들이 공장 다닌다는 사실을 부끄럽게 생각하는 것이었다. 그들은 '공순이'라는 말을 제일 듣기 싫어했다.

그 말을 얼마나 싫어하냐면 밥을 못 먹어 영양실조에 걸릴지언정 집에 부치고 나머지 돈으로 값비싼 옷을 먼저 살 정도였다. 그걸 허영이라고 욕할 수도 있겠지만 그들에게는 절실한 문제였다. 그래서 나는 그들에게 가장 먼저 사람은 모두 다 똑같다는 생각을 심어 주려고 했다.

"과장이든 사장이든 누구든지 똥을 안 싸는 사람은 없다. 그들처럼 너희들도 똑같이 똥을 눈다. 별 게 아니다. 인간은 다 똑같은 거다. 따지고 항의할 문제가 있으면 그들도 같은 인간이니 어렵게 생각하지 말고 가서 항의해라."

그랬더니 나중에는 그대로 했다. 나 자신도 깜짝 놀랄 정도로 그들은 행동에 옮겼다. 그리고 한 사람보다는 둘이, 둘보다는 전체가 하나로 단결하여 한 목소리를 내면 더 큰 소리를 낼 수 있다는 것을 스스로들 익혀 나갔다. 그런 과정에서 표정이 변하고 밝아지는 것을 보았다. 그들을 통해 변화된 사람의 아름다움을 볼 수 있었다. 얼굴 표정이 바뀌고 옷매무새까지도 달라졌다.

노동의 의미를 새롭게 발견하고, 굴레를 벗고서 창조적인 일에 자신의 열정을 쏟아 붓는 그 변화의 과정이 그들을 아름답게 했다. 아무옷이나 걸쳐도 이제는 당당하고, 누구에게 아부하거나 과장할 필요도 없다는 자신감이 넘쳐흘렀다. 그야말로 '자유인'이 된 것이다.

그중엔 이런 사람도 있었다. 그도 친구들을 만나면 공장 다닌다는 사실을 숨겼다. 집에서 논다고 거짓말을 했다. 그 정도로 열등감이 심했다. 그런데 어느 날 함께 모인 자리에서 눈물을 뚝뚝 흘리며 이런 고백을 했다.

"목사님, 제가 얼마나 신나는 줄 아세요? 저는 동인천역 앞에서 양손을 펴들고 '나는 노동자다!'라고 외치고 싶을 지경이에요. 노동자라는 사실이 이제는 자랑스럽고 자신감이 생겼어요."

그 이야기를 듣고 모두들 눈물을 흘렸다. 그 감격을 지금도 잊을 수 없다.

# 잡혀온 주제에 어찌 그리 당당합니까

감리교 목사로서 나는 항상 다음과 같은 세 가지 각오를 가지고 살았다. 언제든지 하나님 말씀을 전할 각오, 언제든지 이사할 각오, 언제든지 죽을 각오였다.

첫 번째는 따로 설명을 하지 않아도 될 것 같고, 두 번째는 내가 처음 목사직을 안수 받을 때는 감리교는 파송제였기 때문에 위에서 결정이 되면 언제든지 다른 교회로 옮겨가야 했다. 그래서 언제든지 이사할 각오가 되어 있어야 했다. 세 번째는 특히 산업선교회에서 일하게 되면서 언제 어느 때 무슨 일을 당할지 모르는 상황이라 항상 마음속에 간직하고 살았다.

산업선교회에서 노동자들과 함께 생활하다 보니 만나고 싶지 않은 사람들과도 어쩔 수 없이 만나게 되었다. 생면부지의 나에게 전화를 걸어 협박을 하던 사람들이며, 여성노동자들을 괴롭히던 회사 측 사람들, 집회 현장에서 맞닥뜨리게 되는 전투경찰들……. 그리고 어느

새 요주의 인물이 되어 버린 나를 항상 따라다니며 감시하는 내 담당
형사.

어느 날 새벽에 내 담당형사가 집으로 나를 찾아왔다. 전에는 이런
적이 없었다. 웬일이냐고 그랬더니 잠깐만 나오라고 했다. 말하기가
어려운지 미안하다는 얼굴을 한 채 한참을 미적거리더니 "죄송하지
만, 목사님을 연행해 오랍니다." 하는 것이었다. "지금 날 연행하겠다
는 거예요?" 하니까, "잘 준비하고 나오세요." 하고 말했다.

그 전에 여러 가지 징조가 있었기 때문에 나도 갈 때가 됐구나 하
는 생각을 하지 않은 건 아니다. 그런데 막상 '올 것이 왔구나. 들어가
면 되지 뭐.' 하고 마음을 추스르려고 하는데 놀라실 어머니도 걱정이
되고 그렇게 마음이 편하지만은 않았다. 그래서 둘째 동생을 불러 어
머니한테는 기도원에 갔다고 거짓말을 하라고 그러고는 형사를 따라
갔다.

경찰서로 가는데 예감이 심상치 않았다. 전에도 집회를 하다 연행
돼 조사를 받은 적은 많았지만 이번에는 낌새가 이상해 잠깐 전화 좀
하게 해달라고 했다. 한참을 고민하던 형사들은 대신 짧게 하라고 하
며 공중전화 앞에 나를 내려주었다.

나는 급한 대로 우선 두 군데에 전화를 넣었다. 그런데 두 분의 반
응이 너무도 달랐다. 사람은 어려울 때 진정으로 알아볼 수 있는 거라
고 하더니 그 말이 틀린 말이 아님을 그때 알았다. 한 분은 내가 사정

이야기를 하니까 너무 가슴 아파 하며 용기를 내라고 했다. 전화상이었지만 그의 마음을 금방 느낄 수 있었다. 다른 한 분은 어찌나 냉정하든지……. 빈말이라도 어떡하면 좋으냐, 어떻게 그럴 수가 있나 하면서 용기를 내라고 할 수도 있고, 기도하겠다, 내가 어떻게 해볼 테니 걱정하지 마라고 할 수도 있을 텐데 너무 냉정하게 전화를 받는 것이었다. 개인적으로 잘 알고 친하게 지냈었는데 정말 너무나 섭섭하고 실망스러웠다. 나는 조사 과정에서 혹시라도 누를 끼칠까봐 전화를 한 건데 그러고 나서 도리어 후회가 되었다.

그렇게 전화를 하고 인천경찰서에 연행돼 갔다. 경찰서 안에서 잠깐 눈을 붙이고 일어나니 아침을 주는데 목으로 넘어가질 않았다. 내가 밥을 못 먹고 있으니까 "죄송합니다. 우리야 심부름만 하는 거지요. 죄송합니다." 그러는 것이었다. 그러고 나서 안기부로 넘어갔다.

안기부는 바로 우리 집 앞에 있었다. 집이 간석동이었는데 경기도 안기부가 거기에 있었다. 우리 집에서 여기가 다 보인다고 생각하니 기가 막힐 노릇이 아닐 수 없었다.

차에서 내려 지하실로 끌려갔는데, 그 지하실이라고 하는 것이 사람을 얼마나 기분 나쁘게 하는지 모른다. 다리가 떨려 제대로 걸을 수가 없는데 자꾸만 지하실로 더 깊이 내려가는 것이었다. 다리가 후들거려서 미칠 지경이었다. '목사 체면에 이렇게 떨면 안 되는데, 이러면 안 되는데.'

그때 오만 가지 생각이 다 들었다. 그동안 소문으로만 들었던 고문 당한 이야기들이 하나둘 떠올랐다. 여자는 옷을 다 벗겨 놓고 조사를 한다는데 내가 어떻게 감당해낼 수 있을까. 그런 생각으로 머리가 꽉 차 있었다. 사실 무슨 일이든 당하고 나면 별일 아닌 경우가 많은데 그 전이 그렇게 두렵고 견딜 수가 없는 것이다.

고문을 당했던 어떤 학생이 있었는데 그 학생이 말하기를 너무 아프고 힘들고 고생스러워서 다시는 하지 말아야지 하고 생각했다고 한다. 처음 고문을 당했을 때는 그렇게 생각했는데 두 번째 잡혀가 더 지독한 고문을 당한 후에는 이 매 맞은 한 때문에라도 그만둘 수가 없었다고 했다. 처음에는 자기 자신이 당한 고통을 다른 사람들은 당하지 않도록 해야겠다는 생각에 이르지 못하고 그 고통 너머의 세계에까지 통찰하지 못한다. 섣불리 고통을 당했을 때는 그것을 피해 가려 하지만 자신이 당한 고통의 깊은 의미를 깨닫고 나면 당한 만큼 더 의지가 생기게 된다.

내가 끌려간 곳에는 세 사람이 나를 기다리고 있었다. 의자에 앉아서 보니 내 또래쯤 돼 보이는데 그들 뒤로는 거울 같은 게 있었다. 그 뒤에서 이쪽을 들여다보게 돼 있는 것 같았다. 내가 앉기 무섭게 그들은 나에게 성과 관련된 욕설을 퍼붓기 시작했다. 차마 입에 담을 수 없는 것들이었다. 내가 그때까지 들어본 욕하고는 비교할 수도 없는 생전 처음 들어보는 욕이었다.

그런데 그런 욕들은 그들이 나에게 한 이야기에 비하면 아무것도 아니었다. 여차 말 한마디 잘못하면 영락없이 '빨갱이'가 되고 '사회전복 세력'이 될 판이었다. 하도 그러니까 나도 모르게 눈을 감아 버렸다. 그랬더니 막 욕을 해대며 눈을 뜨라고 했다. 그러면 또 겁이 나서 나는 눈을 뜨고, 그렇게 떴다 감았다를 반복했다. 처음에는 진짜 겁이 났다.

정말 두렵고 견딜 수 없었는데 한순간 이런 생각이 스쳤다. 내가 노동자들한테 늘 했던 이야기였다. "여러분들 입장에서 볼 때 누가 제일 두려우냐?" 그러면 사장이 두렵다고 하기도 하고 과장이 두렵다고도 말한다. 그럴 때 나는 과장도 사장도 다 똑같은 인간이라고 하며 겁을 먹을 이유가 하나도 없다고 했다. 별안간 그 생각이 났다.

'너는 노동자들한테는 그렇게 이야기하면서 소위 목사라는 작자가 왜 이렇게 떨고 두려워하느냐. 그래 맞아. 하나님이 나와 함께 하는데 왜 두려워하느냐, 두려워하지 말자. 내가 여기에 온 것은 다 하나님의 뜻이다. 하나님의 뜻으로 내가 여기까지 왔다. 이 사람들이 언제 내 이야기를 들을 수 있겠는가. 이런 기회를 통하지 않고서는 나를 통해서 하나님이 역사할 기회가 없으니까 나를 여기까지 오게 하셨다.'

거짓말처럼 두려움이 사라졌다. 마음이 편안해지고, 웃음이 났다. 좀 전에는 이 사람들이 뭘 물으면 어떻게 대답을 해야 하나 하고 걱정했는데 이제는 어떤 질문을 해도 좋다, 이런 마음이 들었다. 당시만 해도 김동길 교수가 15년을 구형 받고 하던 시절이었으니, 말 한 마디 잘못하면 10년, 15년이 쉽게 선고되었다. 그런데 어떻게 대답할까 하는 걱정이 싹 사라졌다.

갑자기 심문현장이 희극무대로 보이기 시작했다. 방금 전까지만 해도 두려움에 떨던 내 얼굴이 금세 달라지니까 오히려 취조하는 사람들의 얼굴에 당황하는 기색이 역력했다.

간석동 안기부에서 그렇게 사흘을 내리 조사받았다. "왜 노동자를 선동했느냐?"고 물으면 내가 목사가 된 동기부터 차근차근 설명을 해나갔다. 듣는 사람 입장에서는 그 말이 꼭 설교처럼 들렸던 모양이다. 나는 과정을 설명하는 것인데 이 사람들은 왜 설교를 하느냐고 했다.

처음에는 노동자를 선동했다는 말이 제일 무서웠는데 나중에는 그 말이 제일 듣기가 좋았다.

"나는 정말로 기분이 좋다. 여자가 목사가 될 때에는 정말 당신들이 생각할 수 없는 아주 순수하고 보수적이고 참신한 생각, 정말 하나님을 위해서 일생을 바칠 생각을 가지고 시작하지 않았겠느냐? 내 평생 소원이 예수 닮는 것이었다. 예수가 죽을 때에야 선동자라고 하는 낙인이 찍혔다. 예수의 죄목 가운데 하나가 민중을 선동했다는 것이다. 그런데 내 소원이 예수 닮는 것인데 날 선동자라고 하니까 정말 기분이 좋다."

그런 내용으로 얘기했다. 그 말을 듣고 형사들이 얼마나 어이없어

하던지. 그럴수록 나는 더욱 신이 나서 이야기했다. 그랬더니 여기가 어딘 줄 알고 그러느냐고 화를 냈다. 그러면 나는 그것이 또 우습고 재미가 있었다. 깔깔대고 웃으며 말했다. "어디긴 어디야, 사람 사는 데지."

나중에는 세상에 뭐 이런 사람이 다 있나, 수사관 생활 30년 만에 나 같은 사람은 처음 본다며 두 손을 들었다. 다음 날부터는 나를 대하는 태도가 확 달라졌다. 집에 가서 내 이야기를 했더니 목사한테 잘못하면 지옥 가서 벌 받는다고, 잘해 드려야 된다고 그랬다는 것이다. 그 다음부터는 깍듯이 공대를 하고 목침대도 갖다 주고 모포도 몇 장씩 더 넣어 주었다.

나흘째 되던 날 조사가 끝났다. 그들은 나를 서울의 남산에 있는 안기부로 데려갔다. 나를 거기에 내려주면서 인천의 수사관들이 그렇게 미안해할 수가 없었다. 그러면서 남산의 수사관들에게 목사님 잘 부탁한다며 거듭 인사를 하고 가는 것이었다.

알고 보면 사람들이란 다 선한 구석이 있는 모양이다. 원수가 따로 있고 친구가 따로 있는 게 아니다. 남산 안기부에서도 관련 형사들이 한번씩 다 와서 들여다보고 갔다. 조 목사란 사람이 투사로 소문이 나 있는데 생각보다 체격이 작다고 하는 사람도 있고, 멋쟁이라고 하는 사람도 있었다. 어떤 사람은 저런 목사님한테 왜 '악질'이라는 보고가 들어왔는지 모르겠다고 하는 사람도 있었다.

아무튼 거기서도 똑같은 조사가 반복됐고 조사가 끝나자 서대문형
무소로 보내졌다. 구속이 된 것이다. 내가 처음으로 구속이 된 그때가
1975년 5월이었다. 경험이 있는 사람이면 다 알겠지만 서대문을 간다
고 그럴 땐 얼마나 좋은 줄 모른다. 지겹도록 같은 질문과 대답만 하다
보니 어서 서대문으로 가기만을 다들 기다리게 되는 것이다. 나는 처
음인데도 그랬다.

# 유관순이 있던 서대문 형무소에서

지금은 다 헐리고 없지만 유관순 열사가 갇혀 있던 독방에서 나는 첫 번째 옥살이를 하게 되었다. 그것이 특별한 의미가 있는 것은 아니었지만 나중에 그 사실을 알고부터는 독방에 있어도 하나도 외롭지 않았다.

형무소에 도착하자 여자 간수가 기다리고 있다가 옷을 홀랑 벗기고 감방옷을 주었다. 시퍼러둥둥한 그 옷을 입고 독방에 들어갔다. 건물도 낡았고, 문도 철문이 아니고 나무문이었다.

감방 안은 얼마나 지저분하고 냄새가 나는지 견딜 수 없었다. 독방 안에 화장실이 있는데 화장실이라고 해봤자 문틀만 있지 유리 같은 걸로 막아 놓질 않았으니까 독방이 아니라 화장실에 갇혀 있는 셈이었다. 문도 없고, 변기 뚜껑도 없어 냄새가 지독했다. 그래서 거기다 비닐 같은 것을 붙여야 되는데 나중에 알고 보니 다 자기가 알아서 구해야 하는 것이었다.

이불이라고 하나가 귀퉁이에 있어서 보니까 그것도 수의와 똑같은 색이었다. 자려고 이불을 펴는데 솜이 한 군데로 뭉쳐 있었다. 그것을 펴는 데만 30분은 족히 걸렸다. 이걸 하나씩 펴서 덥고 자는데 자다 보면 어느새 또 한쪽으로 다 뭉치는 것이었다. 빈대는 또 어찌나 많은 지…… . 냄새도 지독하고 빈대도 많고 하니까 도무지 잠을 잘 수가 없었다.

그 다음에 어려운 게 먹는 것이었다. 지금은 우리 집보다 잘 먹는다고 생각할 정도가 됐지만 그 당시 1974년도에는 정말 밥에 쌀이 없었다. 눈을 비비고 찾아봐야 겨우 한두 알이 있을까 말까 했다. 나머지는 모조리 보리나 물에 퉁퉁 불린 누런 콩이었다.

식사시간이 되면 식구통으로 밥을 주는데 내가 빈 그릇을 내밀면 한 주먹도 안 되는 밥을 놓고 갔다. 그걸 받아 옆에 놓고 다른 빈 그릇을 내밀면 반찬을 주는데, 반찬이라고 해봐야 짠지 두 쪽이 전부였다.

색깔이 검은 자줏빛이었는데 어떻게 하면 그런 색이 나올 수 있을까 신기하기만 했다. 맛은 또 얼마나 쓴지 그걸 입에 댔다가 아주 기겁을 했다. 평소에 나는 털털해서 음식을 가리지 않고 아무거나 잘 먹는다고 생각했었는데 그게 아닌 모양이었다. 거진 보름을 굶다 쓰러져 빈혈까지 생겼다.

그때 옆방에 있는 다른 죄수와 어떻게 통방을 하게 되었는데 나중에 알고 보니 아는 분의 딸이었다. 수필가 김한림 씨의 딸인 김윤은 여

대생의 몸으로 정치범이 되어 있었다. 그는 내가 아무것도 못 먹는다는 것을 알고는 짠지 담는 법을 알려줬다. 감방 안에서도 고추장, 설탕, 미원 같은 것을 영치금으로 구입할 수 있는데 그걸로 새로 조리해서 먹으라는 것이었다.

주머니에는 달랑 1,000원밖에 없었다. 우선 그것으로 고추장을 샀다. 나머지는 다 그 친구가 샀다. 짠지를 물에 며칠을 우린 다음 고추장을 넣고, 설탕과 미원도 조금씩 넣고 해서 다시 무쳐서 먹었다. 그랬더니 맛이 아주 좋아졌다. 그렇게 먹는 법을 배워 그때부터 음식을 먹기 시작했다.

내가 갇혀 있던 독방의 감방 문에는 노란딱지가 붙었다. 반공법에 걸리면 빨간딱지, 사상범은 노란딱지 그런 식이었다. 노란딱지가 붙어서인지 나에게는 처음에 면회가 허용되지 않았다. 석 달 동안 독방에만 있었다. 한 번도 문밖엘 나간 적이 없었다. 복도에도 나가 본 적이 없었다. 왜 그렇게 심하게 다루었는지 모르겠다.

물도 하루에 작은 주전자로 3분의 1 정도만 줬다. 그걸 가지고 머리도 감고 목욕도 하고 그랬다. 바깥에 나가면 정말 물 소중한 줄 알고 절약해 써야겠다고 몇 번을 다짐했다.

한번 목욕을 하려면 물을 아껴서 며칠을 모아야 된다. 물이 어느 정도 모이면 수건에다가 물을 축여서 닦고, 또 그 물에 수건을 다시 축여 닦았다. 물론 이런 생존에 필요한 방법들을 스스로 터득한 것은 아니었다. 모름지기 어디서나 선배들이 중요하다는 것도 그때 알았다. 모든 노하우는 감방 선배들로부터 나온 것이었다.

술도 먹어 봤다. 일주일 중 토요일 하루는 빵을 파는데 일반 가정 집에서 만든 이스트가 들어 있는 빵이었다. 그것을 사 가지고 밥을 남 겼다가 밥에다 빵을 넣고 며칠을 놔 두면 발효가 되어 술이 되었다. 물 론 내가 만든 것은 아니고 옆방 동료들에게 얻어먹었다.

나중에 서울대 학생들이 들어오고 나서부터는 약을 가지고도 술 을 만들었다. 하여튼 그 학생들은 별짓을 다 했다. 머리가 좋아서 그 런지 모르는 게 없었다. 정부에서 재소자에게 할당되는 부식비 같은 게 있었는데 정부가 얼마를 떼먹었고, 또 누가 얼마를 떼먹었는지를 다 알았다.

그들은 감옥 안에서도 이런 부당한 대우를 개선하기 위한 싸움을 하였다. 그 결과 부식 같은 것이 많이 좋아졌다. 그들에게 감화된 일반 재소자 중에는 나중에 출판사 사장까지 된 이도 있다. 나중에 내가 3개 월 간 한 번도 면회를 못했다고 하니까 왜 그때 싸우지 않았느냐며 자 신들의 권리가 박탈당한 양 흥분했다.

면회는 되지 않았지만 영치금이나 옷가지 등은 받을 수 있었다. 옥 살이를 한 것은 내가 거의 처음이었기 때문에 선교회에서도 옥바라지 를 제대로 해본 적이 없었다. 그래서 영치금도 매번 오백 원만 들어오 는 것이었다. 다른 사람들은 몇천 원씩 들어오는데 나는 맨날 오백 원이었다.

어쩌다 속옷을 보내도 새것을 안 보내고 집에서 내가 입던 것을 보냈다. 나중에 물었더니 자기네들은 이렇게 생각했다고 했다. 감옥이 얼마나 더러우냐고, 새것이 왜 필요하냐고.

담요도 실이 다 빠진 낡은 것만 보냈다. 새것을 보내려고 했는데 영치소에서 원칙대로 한번 안 된다고 하니까 시장에 가서 다 떨어진 것만 골라 가지고 넣어 준 것이다. 헌 군용 담요, 헌 팬티…… 그걸 생각하면 지금도 웃음이 나온다.

독방에서 심심풀이로 하던 것 중에 하나가 보리밥을 가지고 여러 가지 물건을 만드는 것이었다. 보리밥을 주면 손으로 주무른다. 그러면 보리껍데기는 빠져 나가고 말랑말랑한 알맹이만 남는데 그러면 그걸 가지고 토끼도 만들고, 거북이도 만들고, 십자가도 만들고, 조각품도 만들었다. 그걸 감방 선배들한테 배워서 틈나는 대로 만들었다.

그렇게 만든 다음에는 색도 넣었다. 영치금 오백 원이 들어오면 그걸 받았다는 확인을 위해 무인을 찍는데, 그러고 나면 손톱 속에 인주가 남게 된다. 그러면 그걸로 색을 넣는 것이다. 손톱을 깎으려고 손톱깎기를 달라고 해도 주지 않아 소리 지르고 많이 싸우기도 했지만 그렇게 용하게 써먹을 때도 있었다. 손톱이 너무 길어 불편할 정도가 되면 시멘트 바닥에 손톱을 갈았다.

시퍼런 죄수복에서 실을 하나 뽑아서 토끼 눈썹도 만들고, 달걀을 사서 달걀흰자만 따로 모아 거기에 몇 번 담갔다 말리면 빤지르르하게 윤이 났다. 말하자면 니스를 칠한 거와 같다. 그렇게 만들어 놓고 보면 얼마나 예쁜지 모른다.

칫솔을 간 다음 어떻게 뚫었는지 여기 뚫고 저기 뚫고 구멍을 뚫어서 거기다 어디 인쇄물에서 '사랑' 같은 글씨를 오려 넣어서 아주 예쁘게 물건을 만드는 것도 봤다. 나도 그런 선물을 몇 개 받았다.

그러던 어느 날 느닷없이 교도관이 와서 '보따리'를 싸라고 했다. 웬일인가 싶어 눈치를 보고 있으니 좋은 일이라면서 "빨리 싸요, 빨리." 하고 재촉했다. 그러니까 사람들이 짐을 싸고 있는 내게 와서 "나 줘요, 나 줘요." 하는 것이었다. 쓰던 것 좀 주고 가라는 것이다. 그래서 교도관 몰래 내복이며 담요며 양념 남은 것, 그리고 수건 같은 것들을 나눠줬다.

보리밥으로 만든 것들이랑 선물 받은 칫솔로 만든 장식품 같은 것은 가지고 나와야 될 것 같아서 머리카락 속에다 몰래 감추어 나왔다. 그런데 막상 그걸 가지고 석방돼 나와 보니 이 사람 저 사람이 다 서로 가지겠다고 달라고 해서 다 줘버렸다.

그런데 나중에 알고 보니 내가 3개월 만에 나오게 된 사연은 국내외 교회 기관 관계자들이 정부에 진정서를 보냈기 때문이었다. 특히 외국의 교회관련 단체들에서 보내온 진정서가 큰 힘이 되었다.

그후로도 몇 차례 더 구속이 되었지만 나는 그걸 한번도 고생이라

고 생각지 않았다. 한번은 재판이 진행되고 있는데 산업선교회 실무
자들이 찾아와 지금은 목사님이 구속되면 안 되니 말을 잘해서 빨리
나올 수 있도록 하라고 했다. 그렇지만 나는 하고 싶은 말을 다 했다.
가슴에서 터져 나오는데 어쩔 수 없었다.

# 나는 그때처럼 폭력을 저주해본 적이 없다

산업선교회에서 노동자들과 함께 생활하면서 가장 가슴 아팠던 일
은 역시 동일방직 사건이다. 어린 여성노동자들이 알몸으로 공권력에
저항하고 똥물을 뒤집어쓰는 일을 지금 세상에서야 어찌 상상이나 할
수 있겠는가. 회사와 공권력에 맞서 벌인 나이 어린 여성 노동자들의
몸부림은 차마 눈 뜨고는 볼 수 없는 비참한 일이었다.

최초로 여성지부장을 탄생시킨 동일방직 노동조합은 여성 중심의
노조 집행부를 구성하고 노동자들의 의견을 반영하기 시작했다. 이
무렵만 해도 회사에서는 적대감을 드러내놓고 표시하지는 않았다.

노동조합은 회사 측과 절충하여 무명 작업복을 데드롱 작업복으로
바꿔 나갔고, 월차 및 생리 휴가를 얻어냈다. 3교대 근무를 실시하다
보니 근무시간과 식사시간이 맞지 않아 허기진 상태에서 일을 하는
일이 많았는데 이 문제도 회사 측과 절충하여 노동자들의 식사시간을
확보하였고 2대 여성지부장을 선출하는 등 노조의 위상을 강화해 나

갔다.

그러자 처음에는 유화적인 태도로 나오던 회사 측이 온갖 회유와 탄압을 가해오기 시작했다. 노조 간부들을 일방적으로 부서이동을 시키는가 하면 일부 남자 직원들을 사주해 폭력을 행사하기도 했다. 그래도 '여공바람'은 쉽게 잠재울 수 없었다.

1976년도 대의원대회를 앞두고는 여성지부장이 연행되기에 이르렀다. 그리고 기숙사에 못질을 한 다음 비밀리에 대의원대회를 강행하여 회사 측 사람을 지부장으로 뽑아버렸다.

지부장의 석방을 요구하는 농성이 계속되자 회사에서는 수도도 잠그고 전기도 끊어 버렸다. 심지어 화장실 문까지 잠가 버렸다. 그래도 농성을 풀지 않자 회사에서는 공권력을 동원했다. 출동한 경찰들이 농성 중인 400여 명을 포위한 채 5분 안에 해산하지 않으면 모조리 연행하겠다고 했다. 그러자 한 여성노동자가 "우리 모두 옷을 벗읍시다." 하고 외쳤다. 그러자 여기저기서 거기에 동조했다. "옷을 벗고 저항합시다. 우리들의 결의를 표합시다."

이렇게 해서 여성노동자들이 하나둘 옷을 벗기 시작했다. 그러나 경찰들은 팬티와 브래지어만 남은 반나체 상태의 여성노동자들을 무자비하게 연행해갔다. 그때부터는 차마 눈 뜨고 볼 수 없는 아수라장이 벌어졌다.

지금 이 이야기를 듣는 사람 중에는 어떻게 그런 일이 있을 수 있겠느냐 하고 반문하는 사람들도 있을지 모르겠다. 하지만 당시 현장의 상황은 우리의 상상을 초월했다. 당시 한 신문에 보도된 내용이다.

연행현장은 차마 눈 뜨고 볼 수 없을 정도로 처절했다. 여성노동자들은 남성들을 향해 알몸으로 저항하고 있었다. 경찰은 5분간의 시한이 지나자 이들에게 들이닥쳤다. 사무실 주위는 회사 간부들과 남자 사원들이 몰려들어 아우성치는 나체 여공들을 기웃거리며 들여다보고 있었다. 기동경찰과 알몸의 여성노동자들이 부닥치는 모습을 카메라에 담기 위해 이리저리 뛰어다니는 남자 직원도 있었다. 어느 간부는 비좁은 노조 사무실에 헝클어져 몰려 있는 여성노동자들을 손가락으로 가리키며 "얘가 대원이다. 저년도 대의원이니 잡아라." 하고 경찰에 알렸다. ……

이때의 충격으로 정신병원에 입원한 사람도 있었다. 문병을 갔더니 아무도 알아보지 못한다고 했다. 의사들은 발작을 일으키는 그를 가죽끈으로 동여맸다. 그 광경을 지켜보자니 울컥 치밀어 오르는 분노를 참을 수 없었다. 나는 이때처럼 폭력을 저주해 본 일이 없다.

여성 노동자들의 알몸 저항에도 불구하고 동일방직 사태는 해결의 기미가 보이지 않았다. 회사 측과 경찰에 밀려 쫓겨난 여성노동자들이 산업선교회 사무실에 와서 호소했지만 뾰족한 묘안을 찾을 수 없었다.

어린 여성노동자들은 숱한 어려움 속에서도 어용 지부장을 퇴진시키고 새로운 여성지부장을 선출해 어느 정도 안정을 찾아가는 듯했다. 그렇지만 공권력을 등에 업은 회사 측의 회유와 탄압은 계속되었다.

그러던 어느 날 새벽, 산업선교회 사무실에서 잠을 청하고 있는데 전화벨이 울렸다. 잠에서 깨 전화를 받으니 수화기 저편에서 다급한 목소리가 들려왔다.

"목사님, 큰일 났어요. 남자들이 우리들에게 똥을 뿌리고 있어요……."

전화를 건 여성노동자는 더 이상 말을 잇지 못하고 통곡을 했다. 무슨 일이냐고 물어도 엉엉 울기만 하는 것이었다. 그러자 옆에 있던 다른 여성노동자가 전화를 받아 "남자 직원들이 새벽에 노조 사무실에 침입해 똥을 뿌리고, 투표함을 부숴버리고, 우리들을 마구 뒤쫓아다니면서 똥을 뒤집어씌우고 있어요." 하는 것이었다.

나는 전화를 끊고는 부랴부랴 사방으로 전화를 했다. "큰일 났습니다. 빨리 와 주십시오. 원 세상에 회사 놈들이 여자들에게 똥을 먹이고 있습니다, 똥을. 아, 하나님 어쩌면 좋아요." 그렇게 수십 통을 걸고 일어설 즈음에야 눈물이 뺨을 타고 흘러내렸다.

급히 택시를 타고 달려갔지만 현장에는 들어가지 못하고 회사 정문 앞에서 제지를 당했다. 전화를 받고 달려온 사람들과 함께 정오가 다 되어서야 현상으로 들어갈 수 있었다. 노조 사무실은 난장판이 되어 있었다. 누군가 대충 청소를 해놓긴 했지만 인분 찌꺼기가 여기저기 널려 있었다. 이미 기운을 잃은 여성노동자들은 우리를 보자 새벽의 악몽이 되살아나는지 울음을 터뜨렸다.

그 후에도 폭행과 강제 연행, 해고 등 노조에 대한 탄압이 계속됐다. 노조 사무실을 더 이상 사용할 수 없게 된 여성노동자들은 명동성당에서 농성에 들어갔다. 나도 가만히 보고 있을 수만은 없었다. 동일방직 노동자들의 사정을 알리는 한편으로 50여 명의 여성노동자들과 함께 나도 동조 단식에 들어갔다.

"…… 나의 소원은 정말 노동자를 위해 죽는 것이다. 내가 죽으면 노동자를 위해 죽었다고 새겨 주기 바란다. 동일방직 문제가 해결될 때까지 단식하겠다. 뜻을 같이하는 사람들은 함께 참여해 주시기 바란다."

장소를 옮겨가며 거행된 단식농성에 참여한 인원은 110여 명에 달했다. 단식농성이 이어지자 교계의 지도자들이 나서 정부의 고위층과 협상을 벌였다. 그렇게 해서 일단 농성을 풀었다. 농성을 하는 동안 함석헌 선생 등 수많은 민주인사들이 찾아와 격려해 주었다.

일단 농성을 풀고 회사에 출근한 여성노동자들을 기다리고 있는 것은 해고 통보였다. 회사에서는 굴욕적인 각서를 요구했고, 그것을 거부한 124명의 여성노동자들이 해고되었다. 각서를 쓴 일부 여성노동자들조차 "무슨 수를 써서라도 자진 퇴사하게 만들겠다."고 위협을 받았다. 나한테도 협박 전화가 많이 왔다. "쥐약 먹고 죽어라." "건물에 불을 지르겠다." 등등 차마 입으로 다 옮길 수 없을 정도였다.

해고된 124명의 여성노동자들은 나와 함께 산업선교회 사무실에서 기거하며 복직투쟁을 했는데 그 과정에서도 수많은 폭력을 당했다. 그렇게 일터를 빼앗기고 생계마저 위태롭게 된 여성노동자들은 '블랙리스트'에 올라 다른 회사에도 들어갈 수가 없었다.

# 예수가 낮은 곳으로 오신 섭리를 깨달으며

나와 함께 산업선교회에서 기거하며 농성을 벌이던 동일방직 124명의 해고자들도 시간이 지나면서 서서히 지쳐갔다. 열 달 가까이 사십 평도 채 안 되는 사무실에서 공동생활을 했는데 시간이 지나도 해결의 기미는 보이지 않고 점점 사람들의 관심에서도 멀어지게 되자 하나둘 떠나기 시작했다. 어떤 이는 경찰의 연락을 받고 시골에서 올라온 부모가 머리카락을 움켜쥐고 데려가기도 했다.

그 과정에서 오해와 반목도 생겼다. 일부 노동자들은 '블랙리스트'에 올라 오갈 데도 없이 정말 살 길이 막막한 자기들과는 달리 꼬박꼬박 월급도 받고 여전히 목회 일을 할 수 있는 나에게 이질감을 느꼈던 것 같다. 가슴이 아팠지만 어떻게 풀어나가야 할지 몰랐다.

그 와중에 나는 부산에서 열린 집회에 참석해 동일방직 사태의 실상을 알리는 강연을 하다 구속이 됐다. 1년여 만에 풀려나와 보니 '서울의 봄'과 5.18이 기다리고 있었다.

한때는 박정희가 너무너무 미워서 그 사람 하나만 갈아 치우면 모든 게 다 잘될 줄 알았다. 그런데 그게 아니었다. 사실 그가 떠나 버린 후 많은 변화가 있었지만 실제로는 아무런 변화가 없었다. 오히려 80년대 들어 상황이 더 험악해졌다.

나도 그때 남산 안기부로 잡혀 들어갔는데 75일 만에 풀려 나왔으나 산업선교회는 쑥대밭이 되어 있었다. 남아 있는 노동자는 하나도 없고, 숨어 다니던 해고자들은 어떻게 해서든 삼청교육대만은 끌려가지 않게 해달라며 겁에 질려 있었다. 정부에서는 텔레비전이나 지면을 통해 '산선이 관계하면 도산된다' 는 왜곡된 선전을 퍼뜨리며 우리를 고립시켰다.

그렇지만 그대로 주저앉을 수는 없었다. 다시 일어서야 했다. 고민하던 우리는 일단 산업선교회의 문턱을 낮춰 사람들이 쉽게 찾을 수 있도록 어린이집이나 의료협동조합 같은 주민들을 위한 복지 프로그램을 시작했다. 그러던 중 의식이 있는 젊은 학생들이 들어오면서 산업선교회는 다시 활기를 찾기 시작했다.

위축된 산업선교회를 다시 일으켜 세우기 위해 동분서주하는 한편 광주의 진상을 알리기 위해 힘을 기울였다. 광주 사건의 진상을 정리해서 알려야 한다고 생각하고 있었기 때문에 광주 문제를 가지고 찾아오는 사람들에게 그들이 팸플릿을 만들고 책자를 만들 돈을 개인적으로 대주기도 했다. 그리고 붙들릴 경우에는 다 내 이름을 대라고 했다. 만일 돈의 출처 같은 것을 제대로 밝히지 못하면 다 북한에서 돈을 대준 것으로 되던 시절이었다. 그래서 무슨 큰 사건이 터지면 뒤에서 조종한 꼴이 되고 붙들려 가서 조사도 많이 받았다.

한번은 경찰서에 가서 조사를 받는데 형사가 한다는 말이 어떻게 당신은 그렇게 아는 것이 많아 이 일, 저 일 끼지 않는 일이 없느냐고 했다. 무슨 사건이 터질 때마다 누가 시켜서 했느냐고 하면 다 조화순 목사가 시켜서 했다고 하니까 그런 것이다.

내가 처음으로 감옥에 가게 된 사연도 그랬다. 책임질 일이 있으면 다 내가 시켜서 했다고 해라, 감옥 갈 일이 있으면 내가 가겠다고 했다. "내가 책임지겠다. 내가 한 걸로 해라. 나는 하나님의 빽을 가졌으니까."

이런 일련의 역사적인 소용돌이를 겪으면서 나는 지식인이나 정치인 몇 사람이 변화된다고 하는 것은 큰 의미가 없다는 생각을 하게 되었다. 정말 밑바닥에 있는 많은 사람들의 의식이 변화되고 그들이 조직화돼야 한다고 생각했다.

내가 할 수 있는 한 최선을 다해 뛰어다녔지만 몇 사람이 겉으로 드러나고 뛰는 것만으로는 부족하고 한계가 있었다. 지식인, 종교인, 의식 있는 몇 사람만이 모여서는 한계가 있다. 이렇게 밑바닥에 있는 많은 사람들과 함께하지 않는 활동은 명확한 한계가 있다는 것을 깨달은 후 진짜 그 사람들 속에 뿌리를 내리는 일이 필요하다고 생각했다.

당시에는 노동운동이 다 깨지는 판이라 시름에 차 있는 노동자들한테 다시 열심히 살자, 힘을 내자, 그리고 우리끼리 끝까지 해보자고 격려하는 한편으로 나도 좀 더 생각하고 경험하고자 다시 노동현장에 들어가기로 했다.

머리도 커트로 자르고 희끗한 머리를 염색도 하고 다시 공장엘 들어갔지만 이미 나는 오십이 다 된 엄연한 중년의 아줌마에 불과했다. 10대 후반의 아이들이 기술자로 있던 그 공장에서 나는 위장취업 사실이 드러날 위기를 맞아 3개월 만에 나오고 말았다.

그후 나는 많은 생각을 하면서 깊이 반성을 했다.

"아직도 내가 멀었구나. 아직도 내 마음 속에는 지식인이나 목사라고 하는 우월의식, 쓸데없는 자존심, 이런 것들이 끈적끈적 남아 있구나. 예수님이 사람을 섬기러 종으로 온 것처럼 낮아져야 한다. 현장에 들어갈 때 제일 중요한 것은 노동자들을 의식화시키고 가르치러 가는 게 아니라 노동자들에게 배우러 가는 것이다. 대학생이나 지식인이라고 하는 딱지를 떼어 버려야 하고, 목사는 목사라고 하는 것을 떼어 버려야 한다." 나는 자주 이런 말을 했지만 여전히 교만한 나 자신을 발견했다.

교만이 새로운 사람들을 만나는데 벽이 된다는 것을 온몸으로 깨닫기 시작하면서 먼저 그 벽부터 허물어야 된다는 걸 뼈저리게 느꼈나. 예수가 철저하게 낮은 인간이 되지 않고서는 하나님의 일을 할 수 없었던 것을 진실로 이해할 수 있게 되었다.

　이것은 현장의 경험을 통해서 몸으로 체득한 깨달음이었다. 그것은 마음의 문제가 아니고 실천의 문제이기 때문에 내가 죽는 날까지 끊임없이 붙잡고 있어야 할 화두가 아닌가 생각했다.

　그렇지만 한편으로는 내가 지금까지 해온 운동과 앞으로의 운동은 분명 다르다는 것을 느끼게 되었다. 내가 유신 시절 노동운동의 황무지에서 노동자들과 함께 일하고 배우며 노동자들을 위한 노동조합을 만들기 위해 싸우고, 그 과정에서 노동문제의 심각성을 사회적으로 부각시켰다면, 80년대는 노동운동에 대한 탄압이 가혹해지면서 운동의 이론과 방향이 근본적으로 재검토되고 새로운 운동방향이 정립되는 시기였다. 나는 나의 한계를 분명히 느꼈다. 이제는 새로운 운동 이론을 공부한 젊은 활동가들에게 자리를 물려줄 때가 되었다고 생각했다.

　1983년 김동완 목사에게 산업선교회 총무직을 인계한 나는 18년간의 활동했던 노동현장을 떠나 다시 목회 현장으로 돌아왔다.

제 3 장　이곳에 살기 위하여

이 나라 이 땅을 나는 사랑한다.

내가 만났던 수많은 노동자들,

그리고 그들과 함께했던 아낌없던 시간들이 주마등처럼

스쳐지날 때마다 나는 그들을 위한 기도를 한다.

이 땅에서 행복하길, 그리고 또 다른 이들에게

행복을 나누어주길 빌어본다.

더불어 한 그루의 나무를 가꾸는 것,

한 포기의 풀과 보잘것없는 작은 미물이라도

그 생명을 살아 있게 하는 것,

지금 여기에서 나의 기도이다.

먼 미래 또 하나의 그들이

이곳, 이 땅에서 행복하게 살기 위하여……

사람이 바라는 것은 변함없는 사랑일 것이다.

# 이 땅의 두려운 시악씨일진저

고 은


어찌 조화순 목사가 목사이런가

함석헌 선생하고 내가

서울 종로5가에서 전철을 타고 가면

인천산업선교

그 어둑어둑 침침한 방에는

동일방직 쪼까니 노동자들 속에서

그 역시 한 노동자로 앉아 있었다.

똥바가지 뒤집어쓴

그 반독재의 동일방직사건

무더기로 잡혀간 사건

70년대의 투쟁 꼭대기

바람찬 사건

거기에 그는 염통을 뚫어 피를 품어대었다.

어찌 조화순 목사가 목사이런가

세월이 갈수록 백발인데

아직도 동일방직 쪼까니

그 소프라노 그대로

영구히

영구히

이 나라의 시악씨일진저

죽어가는 김병곤

살려내는

기도의 시악씨일진저

아니 썩어문드러진

이 땅의

수많은 사내들에게

가장 두려운 시악씨일전저


아 조화순 목사

# 영원히 함께하고 싶지만

내 나이 일흔하나. 젊은 시절부터 유독 흰 머리가 많았었는데 이제
는 그 흰머리가 제법 잘 어울리는 나이가 되었다. 마음은 아직 그렇지
않은데 몸이 먼저 나이 먹은 값을 하느라고 허리도 무릎도 이상신호
를 보내오기 시작했다. 텃밭에 나가 풀을 매는 일도 점점 힘에 부친다.
그렇지만 아직 나에겐 나를 필요로 하고 또 내가 해야 할 일이 남아 있
기 때문에 오는 늙음에 한숨짓기보다는 하루하루에 충실할 따름이다.

이제 과거에 내가 하던 일들은 다 후배들이 맡아서 해나가고 있다.
18년간 몸담았던 산업선교회는 이제는 장애 아동이나 갈 곳 없는 노
인들의 복지를 위해 일하는 기관으로 바뀌었다. 시대 상황이 변했으
므로 그것이 어쩌면 당연한 변화인지도 모른다.

산업선교회에 뿌리를 두고 있는 것은 인천여성노동자회와 어린이
집 정도다. 산업선교회에서 은퇴할 당시 우리를 지원해줬던 미국의
감리교여성단체들이 무엇을 도와줬으면 좋겠냐고 해서 여성노동자들

이 스스로 일을 할 수 있도록 기틀을 마련해주면 좋겠다고 했더니 십만 불을 지원해 줬다. 그 돈으로 인천에 건물을 마련해 인천여성노동자회를 설립했는데 지금도 인천의 여성노동자들이 중심이 되어서 자립적으로 운영되고 있다.

처음에 독일의 선교단체에서 3년간의 프로젝트를 따내 시작한 어린이집도 독자적으로 운영이 잘 되고 있다. 처음 3년 프로젝트가 끝이 났을 때 계속적으로 지원을 하겠다고 찾아온 독일의 선교단체 사람들을 포장마차에서 대접하며 정중히 거절하고 이제는 자립적으로 운영하겠다고 했다.

그때부터 지금까지 어린이집을 거쳐 간 아이들의 부모들이 자모회를 결성하고 회비와 모금을 통해 운영을 해오고 있다. 81년도에 어린이집에 아이를 맡겨둔 어머니들은 81학번 자모회가 되고, 그 다음 해에는 82학번 자모회를 결성하는 식으로 해서 시작된 자모회 모임은 지금까지도 이어지고 있다.

그들은 자신들도 어렵게 살면서도 자신들이 받은 도움을 잊지 않고 다시 되돌려 주고 있는 것이다. 내가 살고 있는 이곳 주변에 땅을 조금 마련하여 나중에는 내려와 살겠다고 하고들 있다. 지금도 일 년에 한두 번씩 이곳을 다녀가곤 한다.

은퇴 이후 98년도부터 새로 시작한 '청소년 쉼터'도 이제는 후배들의 활동을 격려하고 지켜볼 뿐이다. 청소년 쉼터는 우연히 듣게 된

한 라디오프로그램에서 비롯되었다. 평소 라디오를 잘 듣지 않는 편인데 그날은 계시처럼 내 귀에 들려왔다. 내가 목회 현장에서 은퇴한 뒤 얼마 되지 않았을 때였다.

한 산부인과 의사와의 인터뷰였다. 어느 날 병원을 찾아온 여자아이를 진찰해 보니 임신이었다. 아직 고등학생 정도밖에 되어 보이지 않는 그 아이는 자기가 임신한 것도 모르고 있었다. 사정을 듣고 보니 가출한 아이였다. 그후로 그런 아이들이 병원을 찾아오는 횟수가 늘어났다. 자신도 원래는 청소년 문제에 그다지 관심이 없었는데 그런 아이들을 보면서 가슴이 아팠다고 했다. 그러면서 우리나라에 있는 그 수많은 교회들에서 왜 이런 아이들을 돌보지 않는지 모르겠다고 했다.

그 이야기를 듣는 순간 망치로 머리를 맞은 것 같은 충격을 받았다. 그때가 막 IMF가 시작되던 때라 나라 안팎이 다 어려웠기 때문에 거리로 내몰리는 청소년들이 많았다. 어떻게 해야 하나 한참 궁리를 하다 후배 목사들에게 이야기를 했다. 그 아이들을 돌볼 수 있는 방법을 함께 의논하다 보니 자연스럽게 청소년 쉼터를 하자는 쪽으로 의견이 모아졌다. 그 자리에서 주머닛돈을 털어 모금을 시작했다. 얼마 안 가 뜻을 같이하는 사람들의 모금이 이어졌고 구로동에 작은 전세방을 마련할 수 있었다. 이렇게 구로동 청소년 쉼터에서 시작하여 곧 성남에도 쉼터 한 곳을 더 개설하게 되었다.

칠십 평생을 살아오면서 나름대로 최선을 다해 살았지만 뜻을 다 이루지 못한 일들이 더 많은 것 같다. 그 과정에서 보람도 있었고, 그만큼 많은 시련도 있었다. 아직 몇몇 단체에도 적을 두고 있기는 하지만 가급적이면 많이 관여하지는 않고 있다. 나는 그들의 고민을 들어주며 격려와 용기를 줄 뿐이다. 그들이 각자의 자리에서 일들을 잘 해나가는 걸 보는 것만으로 나는 충분히 만족하고 기쁘다.

# 한 사람의 변화가 갖는 힘

환갑 때도 그랬지만 작년 고희 때도 많은 사람들이 찾아주었다. 김근태 부부, 노회찬 부부, 이현주 목사 등 이름만 대면 다들 알 만한 면면부터 후배 목회자들, 그리고 나와 동고동락한 노동자들이 이곳 태기산 자락을 찾아주었다.

그렇지만 그런 자리가 의미가 있는 것은 많은 사람들이 찾아오고 함께 흥겨운 시간을 보내고 하는 것보다는 그 자리가 만남의 자리가 되고 반성의 자리가 되고 새 힘을 얻어가는 자리가 된다는 데에 있다.

어느 때부터인가 내 생일은 예전에 같이 활동했던 사람들의 만남의 자리가 되었다. 산업선교회에서 일할 때는 생일도 모르고 살았는데 달월교회에 온 이후로는 교인들이 생일상을 차려 주었고 은퇴 후에는 과거 산업선교회에서 함께했던 노동자들이 이곳에 올라와 생일을 차려 주었다. 그러다 보니 일 년에 생일상을 서너 번 받을 때도 있다.

노동자들은 많을 때는 칠십 명 정도가 모이고 적을 때는 삼사십 명

아궁이에서 열심히 타 들어가는 장작들을 본다. 하나만 있다면 그 불은 금방 꺼져 버
릴 것이다. 하지만 처음 불을 피우는 그 한 장작이 없다면 어떻게 될까? 한 사람이 소
중하고 함께 있는 우리가 소중한 이유가 여기에 있다.

정도가 찾아왔는데 나중에는 내가 인천으로 내려오게 되었다. 한참 바쁘게 살고 있는 사람들이 어렵게 시간을 내 이 먼 곳까지 오는 게 미안하기도 했고, 나야 한 사람이 움직이면 그만인데 그 많은 사람들이 움직이자면 좀 복잡한 일인가.

내가 그렇게 움직여야겠다고 마음을 먹고 있는데 어느 땐가 한번은 누가 나서서 농담처럼 "목사님은 혼자만 움직이시면 되잖아요. 인천으로 오세요." 하길래 잘 됐다 싶어 그러마고 했다.

그런데 생일상 받는 것이 뭐 별일이라고 이렇게 이야기를 하는 것은 아니다. 그 자리는 그냥 단순히 먹고 마시는 자리가 아니라 각자의 자리에서 열심히 살아가고 있는 사람들에게 만남의 장소가 되어 준다. 물론 그중에는 끼리끼리 자주 보는 이들도 있지만 대부분은 이런 자리를 통해 서로 얼굴을 보고 사는 것이다. 또한 지난날의 이야기와 오늘의 사는 이야기들을 나누는 각자의 삶에 대한 보고의 자리가 되고, 반성의 자리가 되고, 힘을 받아가는 자리이기 때문에 더욱 소중하다.

그렇게 한번 모이면 서로 살아가는 이야기들을 풀어놓느라 시간 가는 줄을 모른다. 그들은 자신들이 살아온 이야기들을 나에게, 서로에게 들려주고 싶어 이야기보따리를 가득 부풀려 오고, 나는 또 나대로 내가 살아가는 이야기들을 통해 그들에게 하고 싶었던 이야기들을 한다.

그들의 이야기를 듣고 있다 보면 나는 새삼스럽게 변화된 사람들의 삶이라는 게 이런 것이로구나 하는 생각을 하게 된다. 그들 중에 지금까지 현장에서 노동운동을 하는 사람은 많지 않다. 비록 현장은 떠났지만, 어떤 이는 가정주부로, 어떤 이는 지역의 활동가로, 어떤 이는 장사를 하고 있다. 어느 자리에 있든 각자의 자리에서 든든한 일꾼으로 제 몫 이상을 충분히 해내고 있다.

시집을 가 인천 송림동 언덕바지에서 살게 된 여성노동자가 있었다. 이제는 주부가 되어 한 가정을 책임지고 있었다. 그런데 달동네라 걸핏하면 수도가 안 나오고 쓰레기차가 안 오는 데도 사람들이 불평만 늘어 놓을 뿐 어떻게 해볼 생각을 못 하고 있는 것이었다. 그 모양이 하도 답답해 사람들을 설득하기 시작했다. 시청에 가서 항의라도 해야지 두 손 놓고 가만히 있을 거냐고. 그렇게 해서 동네 사람 삼사십 명을 이끌고 시청에 몰려가 가난한 동네라고 수도시설도 제대로 해주지 않는 거냐 하고 항의했다. 그러고는 바로 문제가 해결되었다고 한다. 그 다음부터는 무슨 문제가 생기면 사람들이 의논을 하러 오고, 그렇게 하다 보니 그는 자연스럽게 그 지역에서 없어서는 안 될 사람으로 자리를 잡게 되었다.

부천 공단지역에 모여 살던 여성노동자들도 있었다. 이들은 가난한 살림을 꾸려가면서도 가정만 생각하는 게 아니라 지역의 일에 관심을 가지고 참여하고 있었다. 한번은 국회의원 선거에 야당 후보로 나온 사람이 됨됨이는 괜찮은 것 같은데 후보 연설회를 하는 걸 들어

보니 지역 민심을 너무 모르는 것 같았다.

그래서 이 후보 사무실을 찾아가 그런 식으로 말하고 그런 식으로 선거운동을 하면 안 된다고 훈수를 놓으며 자기들이 선거운동을 해주겠다고 했다. 후보가 보기에 평범한 주부들 같은데 말하는 것은 그렇지가 않아 보였다. 그래서 그들의 충고대로 선거운동을 했고 결국 당선이 되었다.

한번 생각의 틀이 바뀌고 진실하게 사는 것이 어떤 것인지 머리로가 아니라 행동으로 몸으로 부딪히면서 깨달은 그들은 어느 자리에서든 아는 것만큼 행동으로 옮기면서 살고 있다.

사람 하나가 변화된다고 하는 것이 얼마나 중요한지 그들에게서 새삼 느끼게 해주었다. 목회를 하던 때 새벽기도에 단 한 사람이 와도 새벽기도를 이끄는 마음가짐이 다르지 않았다. 그 한 사람이 변화된다면 그 사람은 사회에 나가 천 명을 변화시킬 수도 있음을 알기 때문이었다.

# 함께한다는 것의 의미

마음이나 실천이 따르지 않는 말은 빈껍데기에 불과하다. 그렇게 말만 앞세우는 사람들은 믿을 수가 없다. 나는 그런 사람들을 많이 봐왔다. 노동운동 한다고 하는 사람들 중에도 그런 사람들이 있었다. 그런데 노동자들은 진짜와 가짜를 너무나 잘 알고 있었다. 그들은 자신들을 돕는다고 찾아오는 목회자나 운동가들을 만나면 얼마 지나지 않아 "저건 쇼다, 쇼! 목사님, 속지 마세요."라고 말한다.

그럴 때면 어떻게 그렇게 쉽게 말해서야 되겠느냐 하고 이야기하지만, 조금 지나고 나면 그 말이 사실로 드러날 때가 많았다. 그들은 정말 족집게처럼 잘 집어냈다.

이것은 노동자들이 추상적인 말로 세상을 꾸미며 사는 것이 아니라 몸으로 겪고 몸으로 당하며 살아가기 때문에 그렇다고 생각한다. 그들은 이론이 아니라 직접적인 느낌으로 살고 있는 것이다. 나는 그래서 그들에게 진실의 면모가 더 많다고 생각한다. 그러기에 그들에게서 더 큰 가능성을 보는 것이다.

나는 내 주변의 노동자들이 좋다고 하면 좋고 나쁘다고 하면 나쁘다고 믿는다. 한번은 나에게 이런 말을 한 적이 있다. "목사님은 우리를 사랑한다고 하지만 우리를 무시한 적이 있어요." 그 말을 듣고 나는 깜짝 놀랐다.

나는 인간은 대등한 입장에서 사랑을 해야 하고 존중해야 한다고 생각하며 노동자들과 함께 일했지만 어떤 노동자들에게는 그렇게 생각되지 않았던 것이다. 나는 목사이고 가르치는 입장이며 은혜를 주는 쪽이지 같이 배우는 입장이라고 느껴지지 않았나 보다.

왜 그러는지 이유를 물었다. 그랬더니 옆에 있던 친구들이 말렸다. "얘, 미쳤나 봐. 목사님이 언제 우리를 무시했어. 바보 같은 소리를 하고 있어. 목사님, 아니에요. 이 얘기 못 들은 것으로 하세요."

나는 마음을 차분히 가라앉히고 그에게 다시 이야기해 달라고 말했다. 그러자 이렇게 말했다. "꼬집어 이야기할 순 없지만 전 목사님이 우리를 대하실 때에 우리를 무시하는 그 어떤 것이 섞여 있다는 느낌을 받았어요." 그러자 옆에 있던 친구들이 어색한 기색을 감추지 못한 채 미안해하며 황급히 그를 데리고 나갔다.

그들이 나가자 눈물이 왈칵 쏟아졌다. 나는 그 노동자의 이야기를 되씹고 되씹으며 생각하고 또 생각했다. 돌이켜 보면 그것은 어두운 내 마음의 하늘을 가르고 지나가며 환히 밝힌 천둥번개였다. 일순간의 일이었지만 내 마음속 가장 밑바닥에 흐르고 있던 검은 바닥을 밝힌 것이었다. 한편으로 서운한 마음이 없었던 것은 아니지만 나의 무의식적인 행동 속에 여전히 그들과 다르다는 생각이 남아 있어 그런 모습으로 비쳐졌음을 인정했다.

그런 '깨어짐'을 겪을 때 그것을 어떻게 받아들이고 이해하느냐에 따라 사람들과의 관계가 성숙되느냐 후퇴하느냐가 결정된다. 자신을 비판하고 충고하는 목소리에 귀를 닫는 사람들에게는 더 이상의 발전이 있을 수 없다.

내 경험에 비추어 보면 사람이 성숙하는 데는 몇 가지 단계가 있다. 처음에 내가 노동자들과 함께 생활하던 시절에는 노동자들이 나에게 신세를 진 것처럼 생각하는 경우가 많았다. 자신들을 위해 헌신적으로 뛰어다니는 내 모습을 보며 감동을 받고 감사하는 마음으로, 그 은혜를 갚고자 노동운동을 시작하는 사람들이 많았다. 나를 보면서 사람은 어떻게 살아야 하나를 고민하고 어떻게 사는 것이 참되게 사는 길이며 하나님의 뜻을 이 땅에 펴는 길인지를 고민했다.

그런데 이 사람들의 의식이 성숙해지면서 어느 순간 나를 비판하는 목소리들이 하나둘 들리기 시작했다. 처음에는 그런 것들이 잘 감당이 되지 않았다. 내가 자기들을 위해 어떻게 했는데 나에게 이럴 수 있느냐 하는 서운한 마음도 들었다. 그럴 때마다 나는 나 자신을 돌아보며 나에게서 문제를 찾았다. 아직까지 내 마음 깊은 곳에 남아 있는 교만과 가르치려고만 하는 권위적인 생각을 떨쳐내지 못한 나를 반성했다. 더 낮은 곳으로 내려가야 한다고 나 자신을 채찍질했다.

　비판의 목소리에 성숙하게 대처하지 못하고, 그것을 뛰어넘지 못하면 사람들과의 관계가 어려워지고 자칫 잘못하면 돌이킬 수 없는 결과를 낳기도 한다. 나는 그렇게 해서 남남이 되고 나아가 서로 원수처럼 된 사람들을 많이 봐왔다. 특히 지도적인 위치에 있는 사람들일수록 비판에 대해 겸허하게 귀를 열어 둬야 한다. 자기가 이루었던 과거의 업적들만을 생각하며 감히 어떻게 나에게 그런 말들을 할 수 있느냐고 하는 교만한 마음을 갖게 된다면, 한때 생사고락을 같이했던 사람이라도 남남보다 못한 관계가 될 수 있다. 자신을 비판하는 사람들까지 껴안고 함께할 수 있을 때 진정한 지도자로 거듭 날 수 있음을 알아야 할 것이다.

# 교회는 지역사회를 섬겨야 한다

시흥시 끝자락 서해바다 소래 포구에 이웃한 달월교회는 4개 리에 400여 세대가 사는 크지 않은 마을의 시골교회이다. 산업선교회에 가기 전에 몇 년간 목회를 했던 교회인데 다시 돌아갈 때는 많은 우여곡절을 겪었다. 80년대 초반의 공안정국에서 '운동권 목사'라는 꼬리표가 붙어 있어 지역 교민들이 반대를 하였다. 그렇지만 초기 달월교회에서 인연을 맺은 권사들 중에서 장로가 된 이들이 있었는데 그들의 끈질긴 설득으로 어렵사리 다시 목회 현장으로 돌아가게 되었다.

나는 목회할 때도 하나님은 교회 안에만 있는 것이 아니라 모든 것을 통해 역사한다고 믿었기 때문에 달월교회 한 군데만 파송되었다고 생각하지 않았다. 그 지역 전체가 내 목회의 대상이고 교회에 나오지 않는 사람들과도 함께해야 한다고 생각했다. 그래서 그 지역의 사람들하고 어떻게 관계를 맺어 나갈 것인지를 많이 궁리했다.

정월 초하루가 되면 한복을 차려 입고 마을의 어른들을 찾아뵙고

세배를 하고, 교회로 초청해 윷놀이를 했다. 한가위가 되면 4개 리 주민들을 모아 놓고 체육대회를 여는 등 교회가 지역공동체의 중심이 되기 위해 애썼다.

교인 아닌 사람들의 장례식에도 찾아가 인사를 했는데 아직까지는 전통문화가 남아 있는 지역이라 그것이 다 '품앗이'가 되어 돌아왔다. 내가 자기네 경조사에 참석하면 부흥회 같은 교회 행사에 다들 와서 '축 발전'이라고 쓰인 헌금 아닌 헌금을 하는 것이었다. 전에는 없던 일이라 부흥강사들이 다들 놀라곤 했다. 이렇게 교회를 개방하니 지역주민들과 기쁨과 슬픔을 같이하는 지역의 중심으로 자리잡기 시작했다.

교회 주보를 만들 때도 타블로이드판 4면짜리 주보에 교회 소식만을 싣는 게 아니라 농민들에게 도움이 될 만한 내용의 신문기사를 스크랩해 싣기도 하고 누구 집에 개가 새끼를 몇 마리 낳았는지, 누구 집에 경조사가 있다든지 하는 마을 소식도 싣고, 그런 식으로 주보를 만들어 배포하였다. 처음에는 교회 주보라고 잘 보지 않던 사람들도 자기 마을 소식이 실린 주보에 관심을 갖기 시작했고, 시간이 좀 더 지나자 그 사람들이 먼저 주보를 기다리게 되었다.

그런데 한번은 주보에 실린 정부를 비판하는 시사성 있는 기사를 보고는 동네 청년들이 항의를 하러 왔다. 나는 오히려 그들이 반가웠다. 그래서 같이 차를 한잔씩 하며 일방적으로 한쪽 이야기만 듣는 것보다는 이런저런 이야기들을 같이 접해 보며 식견을 넓혀 나가야 하지 않겠느냐고 이야기를 하면 나중에는 그 청년들이 더 적극적이 되는 것이었다.

차츰 교회가 지역의 중심으로 자리 잡아 나가는 걸 보며 처음에 나를 반대했던 사람들도 생각을 달리하기 시작했다. 처음에는 빨갱이 목사가 왔다고 고개를 못 들고 다녔는데 교인도 늘고 예산도 늘면서 교회가 점점 커가자 나를 달리보기 시작했다. 웬만큼 커다란 교회가 아니면 부목사를 두는 곳이 없는데 우리 교회가 부목사를 받으니까 주변 교회에서도 너무 놀라는 것이었다.

한번은 그 지역에서 국회의원 보궐선거가 치러진 적이 있었다. 나는 이때가 좋은 기회라고 생각하고 그들을 교회로 초청해 '당선이 되고 난 후 농민들을 위해 무슨 일을 할 것인가' 하는 정견 발표의 자리를 만들어야겠다고 생각했다. 내가 직접 나서는 것보다는 교회에서 일을 추진하는 게 좋을 것 같아 남선교회 사람들에게 내 생각을 이야기했다. 그랬더니 그들은 뜻은 이해를 하면서도 선뜻 나서기를 꺼려하는 것이었다. 내가 연락을 할 수도 있었지만 그렇게까지는 하고 싶지 않았다. 지역주민들이 자신들의 대표가 될 사람을 그렇게 어려워해서는 안 된다, 이 나라의 주인은 국민이고 농민들이고, 국회의원이나 시장 같은 사람들은 국민을 위해 일하는 머슴이라며 내가 거듭 설득을 하자 마지못해 남선교회의 이름으로 공문을 작성해 후보들에게 보내면서도 설마 이 작은 교회에 찾아올까 하는 의구심을 떨치지 못하는 것 같았다.

공문을 보내고 난 뒤에는 아무런 연락도 하지 않은 채 교인들과 지역 주민들에게 언제 국회의원 후보들의 정견발표회가 있으니 교회로 나오라고 했다. 약속된 날이 되자 교인들과 주민들이 후보가 몇 사람이나 올까 하는 기대들을 가지고 교회를 가득 메웠다. 나도 내심 궁금해하고 있었는데 당일날 교회에 나온 사람은 야당의 후보 한 사람뿐이었다. 그 후보도 삭은 교회인 줄만 알고 왔다가 교회에 가득 찬 사람들을 보고는 놀라는 눈치였다.

마침내 정견 발표회가 끝나고 질문을 하는 순서가 되었다. 그런데 질문을 후보에게 하는 게 아니라 나한테 하는 것이었다. 왜 야당의원만 불렀느냐고. 당시에는 그곳 대부분의 주민들이 여당 쪽이었다. 흥분하는 주민들에게 그동안의 경위를 있는 그대로 설명했다. 달월교회 남선교회의 이름으로 똑같이 공문을 보냈고, 일부러 내 이름도 쓰지 않았다. 그리고 나도 몇 사람이나 올지 무척 궁금했다. 항의를 하고 싶으면 나에게 하지 말고 여당 쪽 사무실에 가서 해라. 그리고 지금 확인하지 않았느냐. 누가 농민들을 귀하게 여기는지 지금 두 눈으로 확인하지 않았느냐. 그렇게 설명을 하니 아무도 말이 없었다. 물론 선거 결과는 야당 후보가 당선이 되었다.

또 한번은 새로 임명된 시장을 교회로 초청을 하기로 했는데 이번에도 남선교회에서 주도적으로 일을 추진해 나갔다. 그런데 이 사람들이 공문을 만들어 가지고 혼자서 가기는 뭐 하니까 여럿이 함께 시장을 만나러 갔다.

비서에게 찾아온 경위를 설명을 했더니 지금은 회의중이니 잠시만 기다리라고 해서 기다리는데 한 시간이 지나도록 아무 말이 없는 것이었다. 아니 주인이 머슴을 만나러 왔는데 한 시간씩이나 세워둘 수 있느냐고 항의를 하였다. 그렇게 비서와 실랑이를 하고 있는데 회의를 하고 있던 시장이 나와 비서에게 무슨 일이냐고 물었다. 비서의 이야기를 들은 시장이 그런 일이 있으면 자신에게 바로 알려야지 무턱대고 기다리게 하면 어떡하냐고 비서를 나무라며 죄송하다고 사과를 하며 남선교회의 초청을 승낙했다는 것이다.

이런 경험을 몇 차례 하고 난 다음부터는 사람들이 당당해지고 정치의식도 많이 달라지기 시작했다. 전에는 아무리 말을 해도 끄떡없던 사람들도 자기 눈으로 확인하고 직접 경험하다 보니 점차 의식이 변하기 시작했다. 사람들이 어떻게 저렇게 달라질 수 있을까 싶을 정도로 변하는 것이었다. 말은 하기 쉬워도 행동으로 옮기기는 여간 어려운 게 아니다. 이 사람들도 처음에는 엄두가 안 나니까 여럿이서 같이 가고 그랬는데 거기서 성취감 같은 걸 느끼니까 자신감이 생기고, 그러면서 삶을 바꿔 나가기 시작하는 것이었다.

사람의 의식이라는 것이 듣고 배우는 것만으로는 쉽게 변하지 않

는데, 직접 경험을 해보고 행동으로 옮기다 보면, 그리고 그 과정에서
자신감을 얻게 되면 진정으로 변하게 된다는 사실을 다시 한번 깨달
았다.

# 아름다운 사람

노동현장에서 나이 어린 여성노동자들과 함께 지내면서 목회 일 등을 하면서 참 많은 사람들을 만났다. 이름만 대면 알 수 있는 많은 사람들이 지금도 정치권이나 사회 각계에서 활동을 하고 있고, 어리고 약하게만 보이던 여성노동자들도 이제는 다들 자기 자리에서 제 역할을 해내고 있다. 그 사람들과 함께할 수 있어 행복하고, 그들이 없었더라면 지금의 나도 없었을 거란 생각을 한다.

나도 '별'이 늘어갈수록 점점 '유명'해졌다. 감옥에 갔다 나오면 노동자들이 다 와서 얼싸안으면서 자기네들이 부끄럽다는 것이다. 자기들이 가야 하는데 목사님이 가셨다고 하면서 나를 끌어안는 격의 없고 순수한 마음이 내 마음을 감동시켰다.

그것은 내가 살아 있다는 것을 확인시켜 주는 현장이기도 했다. 어떤 사람들은 나보고 작은 일에도 감동을 잘 한다고 '조감동'이라는 별명을 붙여 주기도 했는데 어려운 만큼 정말 매순간 감동하지 않을 수 없는 그런 시간들이었던 것 같다.

당시엔 노동운동 하는 사람이 많지 않았다. 남자도 그랬지만 여자는 더 그랬다. 그래서 어려움을 당할 때면 외로움을 갑절로 느끼게 되는데 그런 만큼 사건 하나가 터졌다 하면 모두들 우르르 달려들어 서로 도우며 해결해 나가곤 했다. 그리고 일이 끝나면 한 가족처럼 함께 기뻐했다.

그런 것이 같은 길을 가는 사람들이 활동할 수 있는 힘이었던 것 같다. 다들 어려운 시절에 만나서 그런지 그렇게 각별할 수가 없었다. 그 인연들이 지금까지도 대부분 이어지고 있지만 그중에는 유명을 달리한 사람도 있다. 민주투사 고 김병곤 같은 이도 그중의 한 명이다.

민청학련 사건으로 군사법정에서 사형을 언도받고 나서 "영광입니다!" 하고 외친 젊은이가 바로 그였다. 1974년 마흔넷의 나이에 내가 첫 구속이 되었을 때 검찰청으로 가는 호송차 안에서 마주친 낯선 한 떼의 학생들 중에서 나에게 "목사님 실망하지 마십시오. 저는 사형선고 받았습니다." 하고 속삭이던 목소리의 주인공이기도 한 그.

동일방직 해고노동자들과 함께 산업선교회에서 피난살이 같은 생활을 꾸리고 있을 때에도 감시의 눈을 피해 선교회 사무실을 가끔씩 찾아오곤 했던 그는 다른 어떤 말보다도 피곤에 지친 내 모습을 보며 "목사님 병원에 꼭 가보셔야 됩니다." 그 말만을 하고 돌아서곤 했다.

그를 다시 본 건 병상에서였다. 그는 구속 상태에서 위암 말기 진단을 받고는 병원에서 투병 중이었다. 의사들의 사형선고가 이미 내려진, 말기 암 환자가 겪는 지독한 고통 속에서도 그는 한순간도 삶을 포기하지 않는 의지를 보여주었다.

그런 그에게 내가 해줄 수 있는 건 눈물과 기도뿐이었다. 그는 교인은 아니었지만 나에게 기도를 해달라고 했다. 나는 문병 온 사람들과 함께 병실에서 일주일에 두세 차례 정기적으로 기도를 드렸다. 바쁜 와중에도 예배를 볼 때는 이삼십 명이 함께했다.

그는 결국 우리의 곁을 떠났다. 그가 세상과 작별하던 날 예감이 이상해 병실에 들렀는데 그는 막 임종을 앞두고 있었다. 나는 그의 아내가 붕대를 다 뜯어내는 동안 내내 조용히 찬송가를 불렀다. 투병기간 내내 냉정할 정도로 야무지고 꿋꿋했던 그의 아내가 남편의 시신 위에 엎드린 채 몸부림치며 통곡했다. 찬송가를 부르는 내 눈에서도 눈물이 걷잡을 수 없이 쏟아졌다.

그의 투병 과정과 죽음을 지켜보면서 나는 '인간이 이토록 아름다울 수도 있구나.' 하고 느꼈다. 물론 그가 할 일 다 하고 늙어서 돌아갔더라면 훨씬 더 좋았을 거라고는 생각하지만, 전태일의 죽음이 그러했듯이 그도 또한 한 줌의 밀알을 세상에 뿌려놓고 간 것이다.

# 지옥이 천국이 되는 순간

 "왜 노동자를 선동했느냐?" 경찰서나 정보기관 등에 잡혀가 조사를 받을 때면 매번 듣게 되는 말이었다. 그럴 때마다 예수가 죽을 때 선동자라는 낙인이 찍혔는데 내 평생소원이 예수를 닮는 것이다 하고 큰소리를 친 적이 있었다. 그렇지만 사실 나는 한번도 그들을 '선동'하지 않았다. 그렇다면 그들을 움직이는 힘은 무엇인가.

 노동자들은 현명하다. 그들은 누구의 말을 듣고 움직이는 게 아니라 스스로 생각하고 판단하고 해결책을 찾는다. 어떤 것이 옳고 그른지를 알게 되면 머릿속으로만 재고 생각하는 게 아니라 행동으로 옮겨 문제를 해결해 나간다. 동일방직 해고노동자 중에 버스 안내양이 된 친구가 있었는데 그 친구의 사례는 무엇이 사람을 움직이는 힘인지 여실히 보여준다.

 동일방직에서 해고된 노동자들은 소위 '블랙리스트'에 오르게 되어 다른 곳에 가고 싶어도 갈 수가 없었다. 지금은 서울대 출신 치과의

사의 부인이 된 노동자가 있는데 그도 해고된 후 블랙리스트에 올라 취직 길이 막혀 버렸다. 처음엔 나와 함께 살았는데 신세지는 게 미안했던지 어느 날 갑자기 아무 말 없이 집을 나가 버렸다.

그후 한 달쯤 지나서 나를 찾아왔다. 버스회사에 들어가 안내양이 되어 있었다. 안내양은 기숙사 생활도 할 수 있고, 월급은 얼마 안 돼도 '삥땅'을 해서 돈을 좀 모을 수 있다고 했다. 1년 정도 일하면 사글세 보증금 정도는 벌 수 있을 것 같다고 했다.

그런데 나한테 자기 동료들을 대놓고 험담하는 것이었다. 동일방직에서 함께 일하던 사람들과는 너무 다르다는 둥, 못됐다는 둥 욕을 했다. 왜 그러냐고 물었더니 뭐든지 하룻밤만 지나면 잃어버린다는 것이었다. 동료가 아파서 밤새 신음 소리를 내도 오히려 자는데 방해된다고 욕만 하더라고 했다. 그야말로 아수라장이고 생지옥이 따로 없다고 했다.

석 달쯤 지나 다시 만났는데, 그는 왜 그들이 그렇게 됐는지 알겠다고 했다. 도둑질을 할 수밖에 없고, 서로 미워할 수밖에 없도록 되어 있다는 것이다. 아무리 힘들어도 서너 시간밖에 잠잘 시간이 없는데 통행금지가 없어지는 바람에 잠잘 시간이 그나마 한두 시간으로 줄어들었다는 것이다.

게다가 원래 이틀 하고 하루 쉬는 건데 사람이 모자라니까 보통 일주일 내내 일을 한다고 했다. 그러고 나면 사람을 다 잡아먹고 싶을 정도로 짜증이 난다고. 그렇게 지쳐서 기숙사에 오면 어떻게 따뜻한 말이 나오고 남 생각할 여유가 있느냐는 것이다.

두 달쯤 지나면서 그는 "이건 아니야, 이건 개선해야 돼, 목숨을 걸고라도 해야 돼."라는 생각이 들었다. 고통당하는 걸 보고 오히려 애정과 연민이 생기게 된 것이었다.

그는 원래 시골서 자라서인지 아주 착하고 일도 잘했다. 그때부터 모든 걸 양보하고 남의 일도 해주기 시작했다. 기업주가 얼마나 못됐는지 종업원 90명이 사용할 수도꼭지를 4개밖에 설치해 주지 않았기 때문에 일하고 돌아오면 서로들 먼저 씻으려고 야단이 난다고 했다. 그래서 팬티니 양말이니 빨 틈도 없고 피곤하니까 한 번 입고는 버리더라는 것이다.

그래서 그는 다른 사람들이 씻기를 기다렸다가 제일 나중에 씻고, 그들이 벗어놓은 양말이니 팬티니 손수건들을 죄다 모아서 빨고 삶아서 말려 가지고 다음 날 제일 잘 보이는 데에 놔두었다. 매일같이 공중변소를 혼자 청소했다.

그렇게 며칠이 지나자 누가 이런 일을 하는지 궁금해하게 되었고, 자연스럽게 자신이 한다는 게 알려졌다. 그러자 하나둘씩 언니, 언니 하며 따랐다. 그후엔 또 반지계를 한다고 하며 동료들을 모았다. 그러니 아주 자연스럽게 모이게 되고 이야기도 같이 나누게 되고 자신들의 문제에 대해서도 서로 이야기하게 되었다.

서로가 화목하게 되고 어려움을 같이 나누게 되니까 나중에는 왜 우리가 매일 서로 싸우기만 했고, 이렇게 살게 됐는지를 생각하게 되었고, 결국 작업 조건을 개선해야 한다는 결론에 이르렀다.

그래서 데모를 하기로 했는데 자기는 원래 동일방직 사건으로 찍혔기 때문에 나서지 않으려고 했다. 그런데 할 만한 사람도 없고, 또 자기가 경험도 있고 하니까 나서지 않을 수 없었다.

90명이 모두 새벽 2시에 기숙사를 빠져 나왔다. 정문으로 나오면 들키니까 뒤로 나와야 되는데 뒤에는 철조망으로 막아 놓아서 그걸 혼자서 밤새도록 끊었다. 그런데 그게 잘 끊어지지 않았다. 그때 처음으로 하나님께 기도했다고 했다. "하나님, 여기에 90명의 생명이 달려 있습니다. 이걸 끊지 못하면 안 됩니다. 제발 끊어지게 해주세요." 하고 말이다. 그러고 나서 한 시간 만에 하나가 끊어졌고 거기서 힘을 얻어 그걸 다 끊고 통로를 만들었다. 그리고 하나씩 둘씩 다 빠져 나갔다.

운전사들도 그들을 도와주었다. 트럭에 포장을 씌워 가지고 그들을 태워서 미리 예약해 놓은 다른 동네 여관으로 데려다 줬다. 그들은 여관에서 차주들이 찾기만을 기다리고 있었다. 새벽 3시 30분만 되면 안내양들을 깨워서 4시부터 일을 나가야 되었다. 그런데 만약 회사 주변에 있다가 어른들이나 경찰들이 오면 말짱 헛수고일 터였다. 그래서 아예 다른 동네로 간 것이다.

이윽고 차주들이 시간이 되어서 안내양들을 찾는데 방마다 사람이 하나도 없었다. 아침 출근시간이 다 되었는데 안내양이 하나도 없으니 어땠겠는가.

오전 10시쯤 전화를 해서 자신들이 있는 곳을 알려주며 요구조건을 내세웠다. 그랬더니 금방 경찰들이 왔다. 여관 주위를 뼁 둘러서 포위를 하니 안내양들이 놀라지 않을 수 없었다. 겁을 먹은 안내양들이 좁은 방에 다 몰려 있었는데 질식할 것만 같은 그 상황에서도 한 아이가 창밖으로 얘기를 했다.

"수도꼭지 4개로는 못 산다! 10개로 해 달라. 선풍기를 설치해 달라. 임금을 올려 달라."

안내양들의 이야기를 들은 경찰관들이 오히려 세상에 어떻게 그럴 수가 있느냐며 그들 편을 들으니 결국 사장이 와서 구두로 약속을 했다.

그렇게 그날 돌아와서 밥을 먹고 일을 하고 왔는데 경찰들이 주모자를 찾더라는 것이다. 결국 주모자로 몰린 그와 다른 네 명이 붙들려 갔는데 안내양들이 일을 하다 말고 몰려와 우리 언니 잡아가면 일 안 한다면서 매달렸다. 할 수 없이 경찰들이 조사만 빨리 끝내고 2시까지 내보내준다고 약속하고선 돌려보냈는데, 조사를 하다 보니까 동일방직 출신인 것이 드러났다. 그러니까 다른 건 하나도 묻지 않고 동일방직 사건을 조화순이가 시켜서 한 것이 아니냐고만 묻더라고 했다.

시간이 되어도 나오지 않으니까 경찰서 전화가 불이 났다. 안내양들이 약속을 지키라고 계속 전화를 한 것이었다. 결국 조사하다 말고 그를 내보내지 않을 수 없었다. 그런 과정을 통해서 그를 더 따르고 신임하게 됐다. 그때부터 지옥이 천국으로 변하더라고 했다.

이런 것은 하루아침에 되는 것이 아니다. 변소 청소와 빨래 해주는 작지만 엄청난 것에서부터 시작된 것이다. 바로 희생을 통한 것이다. 희생과 사랑 없이는 진정 사람을 움직일 수 없으며 큰일을 이룰 수가 없는 것이다.

# 디트리히 본회퍼와 나

만일 어떤 미친 운전사가 사람들이 많이 다니는 인도 위로 차를 몰아 질주하고 있다면 목사인 나는 희생자들의 장례나 치러주고 가족들을 위로하는 일만 해야 할 것인가, 차에 올라타 그 미친 운전사로부터 핸들을 빼앗아야 하는가.

히틀러 암살계획에 가담했다 처형된 독일 목사 디트리히 본회퍼의 고민은 6, 70년대의 나의 고민과 크게 다르지 않았다. 그는 교회가 현실 도피적인 경건과 영성이 아닌 이 세상과 역사에 참여하는 경건과 영성을 추구해야 된다고 강조하며 기독교인의 존재방식은 기도와 인간 사이에 정의를 행하는 것이 되어야 한다고 했다.

행동하는 신앙인으로 20세기 후반 새로운 신학형성에 큰 영향을 미친 그는 평화신학과 평화운동의 선구자로 많은 사람들의 추앙을 받았다. 특히 그의 순교자적인 죽음은 정의와 평화와 사랑을 실천하는 길이 무엇인지를 잘 보여주고 있다.

그 본회퍼 목사의 히틀러 암살 계획이 발각되어 비밀경찰 게슈타포에 끌려갈 때 한 사람이 차를 막아섰다. 그는 차 앞에 드러누워 나를 치고 가라고 했다. 히틀러에 항거하다 수많은 사람들이 감옥과 집단 수용소로 끌려가던 엄혹한 시절이라 누구 하나 나서는 사람이 없었지만 그 한 사람으로 인해 본회퍼 목사도 조금은 위로를 받았을 거라고 생각한다.

　나에게도 그와 비슷한 경험이 있다. 달월교회에서 목회활동에 전념하고 있을 때인데 하루는 정보과 형사들이 교회로 찾아왔다. 지나간 사건인데 잠깐 조사만 받으면 된다고 했다. 그러면 여기서 물어보면 되지 경찰서까지 갈 게 뭐가 있냐고 버텼다. 갈 때는 십 분이라고 하지만 몇 년을 살 수도 있다는 것을 경험으로 터득하고 있었고, 당시에는 몇몇 강연 말고는 목회에만 전념하고 있었기 때문에 그렇게 버틸 수 있었다. 그렇게 실랑이를 벌이고 있는데 누가 연락을 했는지 장로님 네 분이 들어왔다.

　"목사님 무슨 일이에요?" 하고 묻는 그들에게 내가 상황을 설명하자, 놀랍게도 장로님들이 형사들을 가로막고 서서는 우리 목사님 데려가려면 우리도 다 데려가라, 우리 목사님은 절대 안 된다고 하는 것이었다. 그 말을 들으니 더 힘이 났다. 장로님들이 그렇게 버티고 있자 나중에는 형사들이 사정을 했다. 잠깐이면 된다고, 우리가 그냥 돌아가면 문책을 당한다고 하면서 사정을 하는 것이었다.

그런데 조금 있으니까 교회 앞마당에서 웅성웅성 하는 소리가 들렸다. 밖을 내다보니 교인들이 앞마당을 가득 메우고 있었다. 사태가 점점 이상한 쪽으로 흘러가자 형사들이 잔뜩 긴장했다. 이러지도 저러지도 못하는 그들을 보고 있자니 안돼 보이기도 했다. 그래서 내가 내일 다시 오라고, 당신들 입장도 있고 하니까 내일 다시 오면 우리 집 안방에서 조사를 받겠다고 했더니 알았다고 하며 돌아가는 것이었다.

　　형사들이 돌아가자 교인들이 박수를 치고 환호성을 질렀다. 오늘처럼 기분 좋은 일이 없다고 하며 다들 기뻐하였다. 물론 다음 날도 별일 없이 지나갔다.

　　나중에 들어보니 내가 알고 있는 몇몇 분들이 다들 하룻밤 조사를 받고 나왔다. 나도 그 일에 연루가 되어 있었던 건데, 나만 교인들의 도움으로 경찰서 신세를 지지 않은 것이었다.

# 자기 이야기에 귀 기울여 주는 사람을 믿는다

노동운동을 하면서 내가 얻은 철칙이 있다. 그것은 약속은 반드시 지켜야 한다는 것이다. 노동자들과의 약속은 반드시 지켜야 한다. 특별히 현장에서는 지위가 높은 사람과의 약속보다도 약하고 지위가 낮은 사람들과의 약속은 죽어도 지켜야 한다는 생각을 가지게 되었다.

현장에서 한번 지켜지지 않은 약속을 만회하기 위해서는 그때까지보다도 훨씬 많은 시간과 노력을 필요로 했다. 그들의 자존심에 상처를 주게 되고, 자신들을 산업선교의 수단으로밖에 여기지 않고 이용만 한다고 생각하게 된다. 그들은 속임을 많이 당하고 손해를 보았기에 상처받기가 쉽고 민감하다. 그러니까 신뢰가 깨진 다음에는 어떤 좋은 소리를 해도 귓등으로 흘리기 십상이다.

노동운동가로서 갖추어야 할 필수조건은 '인간에 대한 근본적인 애정'이 있어야 한다는 것이다. 사람에 대한 인내와 애정이 있어야 한다. 노동자들은 몸으로 사람을 판단한다. 머리로서가 아닌 행위를 보고 판단한다는 말이다.

이 이야기를 하면서 나는 그 당시 서울대 학생으로서 우리 모임에 찾아와 한 식구로 지냈던 김근태 씨 이야기를 빼고 지나갈 수 없을 것 같다. 그는 남의 이야기를 잘 들어주었다. 시선을 떼지 않고 귀를 기울여주었다. 끝까지 진지하게 듣기만 할 뿐 자신의 얘기는 거의 하지 않았다.

목사라는 사람이 원래 말이 많게 마련인데 그를 통해서 나는 듣는 게 재산이라는 교훈을 얻었다. 또 그것은 인간관계에서도 중요한 일이다. 실제로 떠드는 것보다 열심히 듣는 게 더 어려운 일이 아닌가. 아무리 피곤하다 할지라도 내가 떠들 때는 스스로에게 도취되어 남이 듣거나 말거나 많이 얘기할 수는 있어도, 그것을 끝까지 듣기란 정말 힘든 일이다.

그러나 사무적인 얘기라도 끝까지 들으면 나중에는 서로가 속마음까지도 털어놓는 관계가 된다. 그리고 그것은 참사랑이 있기 때문에 가능한 것이라고 생각한다. 이러한 참사랑의 태도와 인내가 어떠한 훌륭한 웅변보다도, 어떠한 이론보다도 더 설득력을 가지며, 마음과 의식을 사로잡아 변화시킬 수 있게 하는 것이다.

사실 나는 노동운동을 하면서 인격이 변화되리라고는 생각지 못했는데 그게 아니었다. 부당한 것과 싸우며 자기를 표현하는 과정에서 인격이 변화되는 것을 많이 보았다. 아주 유연해지고 참을 줄 알고, 여유를 가지고 다른 사람들과 관계를 잘 맺어 나갔다. 그것은 자기만이 아닌 더 큰 것, 남들까지 생각하면서 자신을 바치고 희생하는 구체적인 과정이 있기 때문이 아닐까 여겨진다. 말로만 이웃 사랑을 하는 것과는 다르다. 특히 많은 여성들이 변화되는 것을 보면서 소위 '여성을 보는 눈'이 많이 달라졌다.

때론 거칠고 말썽꾸러기 같은 여성노동자들을 보면서 무슨 여자가 저 모양이냐고 하는 경우도 있지만 그 아이들이 결혼을 해서 사는 것을 보면 남편하고의 관계나 고부관계, 다른 사람들과의 관계들을 기가 막히게 잘 풀어나간다.

사실 회사와 싸우고 경찰과 싸우는 것이 얼마나 힘든 일인가. 그런데 그 과정에서 자기감정을 조절하고 인내하고 하는 과정에서 인격적으로 성숙해지는 것이었다. 어떤 사람들은 그들이 변하기 쉽기 때문에 믿을 수 없다고도 하지만 나는 자기 나름대로 열심히 사는 과정에서 그들의 삶이 변화되고 또 인격이 변화되는 것을 지켜보면서 오히려 그들에 대한 믿음이 더 굳어졌다.

어디서 무엇을 하든 진실과 열의를 가지고 바른 것, 의로운 것을 구하며 몸으로 치열하게 살아가는 곳에는 감동이 있고 하나님의 역사가 있는 것이다. 특히 가진 것 없이 몸으로 사는 이들에게는 더욱 확실히 나타난다. 그러니 없는 것도 재산이라면 재산이다.

내가 현장에서 만난 사람 중에는 나도 모르게 '이 사람이 바로 예수구나' 하는 생각을 하게 하는 사람들이 많았다. 그런데 그런 느낌이 불행히도 신학생이나 목회자들을 통해서는 경험해 본 적이 없다. 오히려 예수 근처에도 안 가본 사람들과 이야기하다 보면 그 사람의 삶을 통해서 그가 '예수'라고 느끼는 셈이다.

이것은 나뿐만 아니라 우리의 불행한 현실이다. 자신의 연약함을 항상 기억하며 자신이 더 변화되어야 할 대상이라는 생각과 그에 따른 노력 없이는 예수를 닮아가는 삶은 애당초 불가능할 것이다.

# 학벌보다 중요한 것

3년 전쯤에 가까운 사람들과 함께 서해 최북단에 위치한 백령도에 다녀온 적이 있다. 그곳을 한번 가보고 싶던 차에 마침 전에 함께 일했던 노동자가 그곳으로 면장 발령이 난 남편을 따라가 있었는데 임기를 얼마 남겨두지 않은 참이라 겸사겸사 해서 찾아간 길이었다.

인천에서 배를 타고 백령도에 도착하자 선착장에 마중을 나와 있었다. 그를 따라 집으로 가는데 도중에 만나는 마을 주민들이 모두 아는 체를 하며 반갑게 인사하는 것이었다. 요즘 세상에 면장 부인이 무슨 대단한 벼슬도 아닐 텐데 왜들 그러나 싶었다. 그러다 문득 이 친구라면 그럴 만도 하겠다는 생각을 하게 되었다.

전에 함께 노동운동을 할 때 그는 결핵에 걸린 적이 있었다. 성격도 밝고 명랑하고 발랄한 사람이었는데 그만 몹쓸 병에 걸려 결국 요양원에 가게 되었다. 힘들고 지친 몸을 추스르기도 바빴을 텐데 그 와중에도 그는 거기서 치료만 받은 것이 아니라 자기가 할 수 있는 일을 찾아서 했다. 단추가 떨어진 노인의 단추도 달아주고, 옷도 기워 주고 하다 보니 사람들과 가까워지게 되었다.

그것뿐만이 아니다. 크리스마스에는 자기가 나서서 성탄예배도 드리고 오락도 하면서 즐거운 시간을 보냈다. 그것이 계기가 되어 한 달에 한 번씩 모임을 가질 정도가 되었다. 그러다 보니 어느새 외롭게 요양원에서 쓸쓸한 나날을 보내고 있는 사람들에게 한 줄기 빛과 같은 존재가 되었다.

어느 날부터인가 그런 그를 눈여겨보는 사람이 있었다. 서울대학교에 다니다 결핵으로 요양원에 들어온 학생이었는데 그의 헌신적인 활동에 감동을 받은 것이다. 그도 그 학생을 마음에 두고는 있었지만 자신과는 맞지 않는다고 생각했다. 자신은 초등학교밖에 나오지 못했기 때문이다. 그래서 그 학생의 프로포즈를 받고도 거절을 하였다. 나에게도 시치미를 딱 떼고 그 사람한테는 다른 감정이 없다고 했다.

요양원에서 나온 그는 우리 집에서 나와 얼마간 같이 지냈다. 그러던 중 우연히 그의 일기를 보게 되었다. 거기에는 그 남자에 대한 깊은 사랑이 배어 있었다. 나는 그를 설득하기 시작했지만 쉽게 고집을 꺾지 않았다. 내가 한 일 년을 설득한 끝에야 그들은 마침내 결혼을 하게 되었다.

나중에 분수에 맞지 않는 결혼은 왜 했냐고 슬쩍 떠 봤더니 이제는 열등감을 극복했다고 했다. 앞으로도 자신 있다는 것이었다. 그 말을 듣고 보니 그렇게 흐뭇할 수가 없었다.

사실 그는 초등학교밖에 나오지 못했지만 참 똑똑했다. 동일방직 초창기에 한번은 서울대 출신의 목사님이 선교회에서 훈련을 받은 적이 있는데 그때 교육을 담당했던 교수들이 내가 좀 쉽게 하라고 신신당부를 했는데도 자꾸 영어를 쓰고 어려운 말을 쓰는 것이었다. 그런데 다행히도 노동자들은 문맥을 통해서 다 알아들었다. 질문들도 아주 날카로웠다. 강의가 끝나고 나서 그 목사님이 나를 찾아와서는 "아까 질문한 사람들이 누구냐, 학벌은 어떻게 되느냐?"고 물었다.

질문은 두 사람이 했는데 그중에 하나가 그 사람이었다. 그래서 하나는 중학교 나오고 하나는 초등학교 나왔다고 했더니 자기가 열등감이 생긴다고 했다. 왜냐하면 자기는 경기고등학교, 서울대학교를 나온 자타공인 수재인데 토론을 하다 보니까 자기보다 더 똑똑한 사람들이 거기 있더라는 것이다.

의롭고 참된 것을 향해 몸으로 실천하면서 사람이 변하면 정말 학벌이 중요하지 않다고 생각한다. 그걸 뛰어넘은 것이다. 지식인들은 아는 걸로 만족하지만 노동자들은 아는 만큼 실천한다. 그것이 진짜 중요한 것이 아닐까.

# 목사님 선생님이 된 까닭은

'아시아의 평화와 여성의 역할'이란 주제로 토론회에 참석하기 위해 내가 평양엘 다녀오리라고는 상상도 못했다. 당시 15명의 남한 측 대표로 내가 낄 수 있었던 것은 기적에 가까운 일이었다. 나는 27개 단체로 구성된 여성연합회 회장이었지만 정부에서는 여전히 나를 '빨갱이 목사'로 보고 있었기 때문이다. 그래서 나와 광주에서 민주운동을 한 조아라 장로만은 절대 안 된다고 승인을 하지 않았었는데 당시 남측대표였던 이우정, 이효재 등이 그렇다면 우리도 가지 않겠다고 단호하게 맞서 나는 평양행 막차를 탈 수 있었다.

1992년 9월 1일 판문점 평화의 집에서 기자회견을 하고 난 우리 일행은 개성 평양 간 12차선 고속도로를 달려 두 시간 만에 평양에 도착하였다. 열여섯 개의 터널을 뚫어 곧게 만든 이 길은 남쪽 손님으로는 우리가 처음이라고 했다. 서울에서 평양까지 세 시간이 조금 더 걸린 셈이다. 이렇게 가까운 곳을 그토록 멀리 여기며 오갈 수 없는 땅으로 만들어 놓은 현실이 서글펐다.

짧은 일정 동안 몇몇 여성들을 위한 시설도 돌아보고 회의도 하고 금강산 관광도 하였다. 그중에서 제일 기억에 남는 게 김일성 주석과의 만남이었던 것 같다. 예정돼 있던 회의가 다 끝나고 이제 돌아올 일만 남았는데 별안간 김일성 주석을 만나는 일정이 잡힌 것이었다. 주석궁으로 우리 대표단을 점심식사에 초대한 것이었다. 어떻게 보면 일종의 '보너스' 성격이 짙은 자리였다.

준비를 하고 있는 우리에게 북측에서는 한복으로 갈아입고 참석하기를 요구했다. 그렇지만 나는 이해할 수가 없었다. 남한에서 가지고 온 제일 비싼 옷 좋은 옷을 입었는데 왜 그걸 갈아입어야 되는지 납득이 안 돼 버티었더니 북측 대표들이 통사정을 하는 것이었다. 그래도 한번 안 되는 것은 안 되는 것이었다. 거기서도 나의 기질은 바뀌지 않았다. 한번 아닌 것은 끝까지 아닌 것이었다. 그래서 나는 한복을 입지 않은 채로 주석궁에 들어갔다.

김일성 주석의 인상은 생각했던 것과는 달리 소탈한 이웃집 할아버지 같았다. 남측 대표 열다섯, 북측 대표 열다섯 명이서 함께 식사를 하는 자리였는데 주석궁 앞에서 우리를 맞는 김 주석의 모습은 이웃집 할아버지 그 이상도 이하도 아니었다.

한 사람 한 사람 악수를 하고 원탁으로 된 식탁에 미리 배정돼 있던 자리에 가 앉는데 내 자리는 김 주석의 맞은편 자리였다. 남측 대표

한 사람, 북측 대표 한 사람 이런 식으로 자리가 배치되었다. 내 옆에 앉은 북측 대표가 나한테 '목사님 선생님' 하며, 내가 노동운동을 했기 때문에 특별히 김 주석의 맞은편에 앉게 했다고 한다. 그런데 아무래도 목사님 선생님이라고 하는 호칭이 이상해 왜 그렇게 부르냐고 물어보았다.

문익환 목사님이 방북했을 때 김 주석과 문 목사님이 포옹하는 장면이 텔레비전을 통해 방영되었는데 그렇게 포옹하고 나서 김 주석이 '내가 존경하는 분'이라고 말하였다고 한다. 그렇게 이야기하는 것을 보고 사람들이 문익환이라는 이름은 다 기억을 못해도 목사라고 하는 말은 다들 기억에 남아, 목사는 훌륭한 사람이라는 생각이 박힌 것이다. 문익환 목사님이 한번 방북을 하게 된 것이 교회적인 이야기로 하자면 100년을 전도해도 못할 것을 그 양반은 이틀인가 사흘 만에 한 것이었다. 그래서 이 사람들이 나한테는 '목사님 선생님' 하고 존칭을 하나를 더 붙여서 부른 것이었다.

식사를 하는 동안 김 주석은 별다른 말은 하지 않았다. 다만 음식의 유래 같은 것만 일일이 설명을 하면서 어서들 잡숴요 잡숴 그 말만 반복하는 것이었다. 하도 음식 이야기만 하니까 북측 대표인 여영구 씨가 아니 주석님 남한에서 귀한 손님들이 오셨는데 한 말씀 하셔야지 왜 음식 이야기만 하시냐고 다른 말씀 좀 하시라고 그러는 것이었다. 두세 번을 그래도 무슨 할 말이 있어야지 하고 계속 음식만 권하자

내가 평양엘 다녀오리라고는 상상도 못했었다. 1992년 9월 판문점을 통과하여 개
성평양간 12차선 고속도로를 달려 두 시간 만에 평양에 도착했다. 이 길로 온 남쪽
손님은 우리가 처음이라고 했다. 예정된 회의가 끝나고 별안간 김일성 주석을 만나
는 일정이 잡혔다. 일종의 보너스 성격이 짙은 자리였다.

(김일성 주석과 함께 촬영한 남측대표단)

갑자기 여영구 씨가 언성을 높이는 것이었다.

아니 주석님 지금 남녀차별하시는 것입니까 전에 왜 남자들 왔을 때는 말씀을 하시더니 지금은 왜 이야기를 안 하시느냐고 하니까, 그제서야 김 주석이 당황하여 내가 무슨 남녀 차별을 한다고 그래 그러면서 한 마디를 하고는 마는 것이었다.

"일본을 이기기 위해 통일이 중요합니다. 일본 사람들이 조선보다 우리보다 10년 30년을 앞섰다고 이야기하지만 우리 조선 민족 대단한 민족입니다. 통일만 되면 일본 사람들 몇 년 안 가서 이길 수 있습니다."

일장 연설이 이어지겠구나 하고 생각하고 있었는데 다소 의외였다. 물론 그것이 정치적으로 의도된 것인지는 확신할 수 없지만.

음식은 우리가 양념을 많이 넣는 것과 달리 그들의 음식은 가능한 한 재료의 맛을 살리는 쪽으로 음식을 하는 것 같았다. 한국에서는 양념 맛에 음식을 먹는다는 생각을 했는데 재료의 맛을 살리는 그쪽 음식은 우리와는 달리 아주 독특했다. 양념 맛이 아니라 재료의 맛, 배추 맛, 나물 맛에 먹는다는 느낌을 받았다.

그들이 사는 모습은 참으로 낯선 것이었다. 그러기에 대단위 탁아소나 밥공장 등 우리에게 익숙지 않은 제도나 시설을 접하며 느낀 소감들도 다들 견해가 분분할 수밖에 없을 것 같다. 더욱이 아직도 국가보안법이 서슬 퍼렇게 살아 있고 북쪽을 바라보는 시선이 곱지 않은 지금 짧았던 북쪽 경험을 어떻게 말해야 할까 고민스럽다. 다만 한 가지 분명한 것은 우리의 체제나 사고방식을 전제로 그들을 바라봐서는 안 된다는 것이다. 서로의 우열을 가리거나 비판하기보다는 동포애를 가지고 동반자의 입장을 가져야 할 것이다.

# 더불어 함께 사는 것이 가족이다

아랫집 백 목사네는 요즘 집 수선이 한창이다. 흙집은 해마다 여기저기 수리하고 손질을 해줘야 되기도 하고 식구들이 늘면서 공간을 조금 넓힐 필요성이 있었기 때문이다. 우리 집도 손님방을 새로 만들어야 하는데 아직 시작을 못하고 있다.

귀농을 하는 사람들이나 뜻을 가지고 농촌이나 자연에 살려고 하는 사람들은 대개 자기가 살 집을 직접 짓는 경향이 있다. 그들이 집을 손수 짓는 것도 다 자연의 섭리가 깃든 것이다. 처음에 정착을 하기 위해서는 살 집이 필요한데 가만히 보면 새든 동물이든 다 자기들이 집을 해결하는데 인간만이 자기가 살 집을 직접 짓지 못하고 남에게 의존을 한다는 것이다. 그런데 사람은 왜 자기가 살 집을 직접 해결하지 못하나 하는 생각을 하게 된다는 것이다.

그런 마음으로 집을 짓는데 처음 하는 일이라 여러 모로 어려움을 많이 겪는다. 시간도 많이 걸리고. 그렇지만 시행착오를 통해 하나하나 문제를 해결하고 완성된 집을 갖게 되면, 이를 경험하지 못한 사람은 이해할 수 없는 성취감 같은 걸 느끼게 된다고 한다.

백 목사네도 우리 집에 기거하면서 집을 지을 때는 일 년 넘게 시간이 걸렸다. 주변에서 못 쓰고 버려진 나무들을 싸게 사거나 주워다 쓰고 그리고 벽돌도 다 흙벽돌로 된 흙집으로 지었다. 친환경적인 재료를 이용해 집을 지은 것이다.

과정은 힘이 들어도 이렇게 한번 짓고 나면 어떤 예술적인 성취감 같은 걸 느끼게 된다고 한다. 그래서 해마다 집을 수리하더라도 어떤 창조적인 성취감을 갖게 되고, 그래서 계속해서 집을 짓게 된다는 것이다.

그렇게 일 년 남짓 해서 집을 다 지어놓으니까 아이들이, 아무 철이 없는 것만 같은 아이들이 "아버지 우리가 살 집을 지어줘서 고맙습니다." 그랬다고 한다. 얼마나 기특하던지.

되도록이면 환경친화적으로 집을 지으려고 했지만 화장실만은 그렇게 하지 못했다. 허리가 좋지 않아 쪼그리고 앉기가 불편해 현대식으로 지었는데 백 목사는 그것이 마음에 안 드는지 볼 때마다 그 이야기를 한다. 그러면 그때마다 늙은이니까 좀 봐주라고 하며 애교 아닌 애교를 부리게 된다.

백 목사네는 화장실도 재래식으로 지었다. 볼일을 보고 톱밥을 뿌려 해결하는데 냄새도 안 나고 거름으로도 쓰고 그런다. 병원도 가야 되고 여기저기 움직일 일이 많은데 그때마다 백 목사의 도움을 받는다. 그가 여기에 정착할 때는 내 도움을 받았지만 지금은 그가 없다면 이곳 생활은 꿈꾸기도 어려울 것 같다.

집만 그런 것이 아니고 세제도 그렇고 샴푸도 그렇고 가능하면 쓰지 않으려고 하는데 백 목사는 그런 데에 있어서 철저하다. 오히려 내가 젊은 그에게서 많은 걸 느끼고 배우게 된다. 형제자매한테서 받은 것보다도 그에게 받는 게 더 많은 것 같다.

백 목사 말고도 여기까지 찾아와 딸 노릇 해주는 사람들도 있고 그렇게 도와주는 사람들이 없었다면 이곳 생활은 많이 어려웠을 것이다. 나는 혈연으로 맺어진 관계만이 가족은 아니라고 생각한다. 같은 뜻을 가지고 살아가는 사람이 함께 살아가는 것, 나는 가족의 개념이 이것으로 바뀌어져야 한다고 생각한다. 더 나아가 세상이 다 내 가족이라고 하는 생각으로까지 발전이 되어야 한다고 생각한다.

오늘의 가족의 모습을 보면 혈연으로 맺어진 가족의 모습도 예전보다는 많이 축소되고 있고 많이 달라지고 있는 것 같다. 그 어느 때보다 가족 이기주의가 문제가 되고 있는 것 같다. 가족 이기주의라고 하는 것이 얼마나 무서운 건지, 내 가족밖에 모르는 것이 정말 위험한 사고일 수도 있다는 것을 알아야 한다.

같은 뜻을 가진 사람들이 새롭게 가족을 이루는 공동체가 그 대안이 아닐까 싶다. 나도 한때는 함께 일했던 노동자들과 공동체를 만들어야겠다고 생각했던 적이 있다. 물론 지금도 계속 생각하고는 있지만 힘이 부치는 게 사실이다.

그들이 해고되고 복직이 어려워지자 먹고살 길이 요원해졌다. 그래서 그들이 생계나 노후 같은 것을 걱정하지 않고 뜻을 이루는 일에 매진할 수 있도록 여성공동체를 만들었으면 하는 바람이었다. 그래서 뜻을 같이 하는 사람들과 돈을 모아 강화도 인근에 땅을 조금 마련해 두기도 했지만 여러 가지 현실적인 어려움에 봉착해 있는 실정이다.

산업선교회에서 일할 때 한번은 미국 선교부의 패터슨 씨가 찾아와 언제까지 이런 운동을 할 수 있는 것은 아니고 어떤 대안 같은 것을 생각해 본 적이 없느냐고 했다. 내가 바로 여성 공동체 이야기를 하니까 무릎을 치는 것이었다. 자기도 그런 생각을 하고 있었고, 자기가 만난 제3세계 운동가들도 비슷한 생각을 하고 있는 사람들이 있다는 것이었다.

지금이야 공동체가 흔하게들 이야기되고 있지만 칠십 년대만 해도 공동체는 생소한 것이었다. 그 당시부터 해오던 고민이었는데 아직까지 해결점을 완전히 찾지는 못했다. 나의 새로운 인생에는 이 일까지 포함되어 있다. 그런데 아직 갈 길이 멀기만 하다.